이 순신의
심중일기

이순신의 심중일기 ❶

초판 인쇄   2023년 12월 15일
초판 발행   2023년 12월 20일

지은이   유광남
펴낸이   김상철
발행처   스타북스
등록번호   제300-2006-00104호
주소   서울시 종로구 종로 19 르메이에르종로타운 B동 920호
전화   02) 735-1312
팩스   02) 735-5501
이메일   starbooks22@naver.com

ISBN   979-11-5795-715-6 04810
         979-11-5795-714-9 (세트)

유광남 장편소설

이순신의
심중일기
心中日記

1

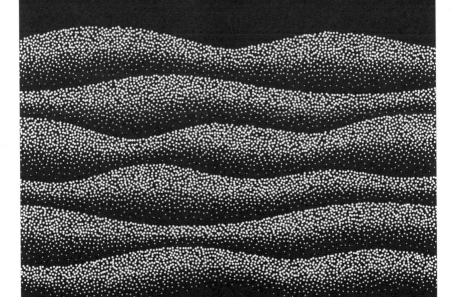

스타북스

작가의 심중일기

꿈을 꾸었다. 일등 대한민국에 꼴등 정치를 하는 권력의 위선 자들이 함몰되어가는 심판의 역사를 생생히 꿈꾸었다. 그래서 탄생한 것이 팩션 소설 '이순신의 심중일기'다. 조선왕조 500여 년의 동안 가장 처참한 시기라 할 수 있는 사건은 임진과 정유의 난, 이른바 임진왜란壬辰倭亂 조일전쟁이다. 당시 일본으로 끌려 간 도공과 부녀자 등 포로의 숫자가 수만 명에서 수십만이라는 설이 있고 사상자는 헤아릴 수조차 없다고 한다. 이 오욕의 비참 한 역사는 무능하고 부패한 위정자들의 몫이라 할 수 있다. 특히 당시 왕 선조는 왕권을 구축 소유하기 위하여 집착했다. 그래서 충신 김덕령 장군을 매질로 때려죽이고, 구국의 영웅이라는 수 군통제사 이순신 장군 역시도 모략으로 희생시키려 했었다.

당시 삼국전쟁(조선, 일본, 중국)으로 인하여 동북아시아는 일대 격렬한 변화의 시기에 도달하게 된다. 여진의 누르하치는 명나 라를 붕괴시킨 후 중국 청나라를 탄생시키고, 임진왜란을 일으켰던 도요토미 히데요시는 몰락하고 도쿠가와 이에야스의 막부가 정권을 장악하며 근세 일본의 봉건제 사회를 확립하는 등 주변 열강은 새롭게 태동한다.

그러나 조선은 그리하지 못했다.

처참하게 망가진 조선이 가장 먼저 개혁하고 변신해야 했음에도 불구하고 이 나라는 기득권 세력들이 여전히 왕조의 대를 세습한다. 그 결과 조선은 이후 여진 오랑캐가 장악한 중국 청나라에 의해서 왕 인조가 삼배를 올리고 아홉 번을 머리 찧는 굴욕의 병자호란丙子胡亂 등 이루 말할 수 없는 치욕과 수모를 겪게되며 간신히 명맥을 유지하던 조선왕조는 결국 일본에 의해서 강제적 병탄倂吞을 당하게 되는 치욕을 맞이하게 된다. 그래서 꿈을 꾸게 된 것이다.

만일 그때 이순신 장군이 역성혁명을 일으켰다면, 그리하여 새로운 조선이 건국되었다면 우리의 역사는 어떤 모습으로 변했을까? 당시 유일하게 완벽한 수군을 보유했으며 의병들과 백성들에게 신망을 받았던 이순신 장군이 정권을 잡게 되었다면 일본에 대한 철저한 응징을 가했을 뿐만 아니라 여진 청나라의 건국이 순조롭게 이루어질 수 없을지도 모른다. 어쩌면 이순신 장군의 무적함대와 새롭게 조련될 조선의 군대는 일본을 정벌하고 중국을 평정했을지도 알 수 없는 일이다. 이것이 이순신이 꿈꾸는 나라이고 조선인들이 꿈꾸는 나라가 아닐까.

　　강한 조선! 당당한 조선! 그 어느 누구도 조선의 백성 단
　　한 명을 상하게 할 수 없는 강력한 조선...! 바로 이순신이
　　꿈꾸는 나라!

　국력이 강한 나라, 당당한 나라! 그것이 이순신의 심중일기心中日記에 핵심이다.

　이순신 장군을 시기한 당시 왕 선조는 억지 모함을 꾸며 이순신을 죽이고자 한다. 이유는 왕권에 대한 불안이었으리라 추측되는데 그렇게 작심하여 함정을 팠던 왕이 어째서 신하의 상소 하나에 마음을 열고 이순신을 방면放免 풀어주었을까? 우리는

판중추부사였던 정탁의 상소문 '신구차伸救箚'로 인해서 죽음의 위기를 맞이했던 이순신 장군이 구명되어 백의종군하게 된 것으로 알고 있다. 워낙 명문의 상소문이라서 왕의 마음을 움직였다는 것이라지만, 그리 쉽게 석방할 것이었다면 애초에 선조는 그런 무리수를 두지 않았을 것이다. 전쟁 중에 수군의 총사령관을 파직하고 압송한다는 것은 이치에 맞지 않는 것이다. 그 미스터리를 추적하다가 발견한 것이 바로 이순신 장군의 '장계(왕에게 올리는 보고서)' 였다.

역사의 기록 조선왕조실록의 '선조실록' 편에서 사라졌던 이순신의 '장계'를 '선조실록'이 아닌 후에 인조와 효종 때 편찬된 '선조수정실록'에 등장한다. 그래서 이순신 장군은 결국 그 장계로 인해서 스스로 자신을 구명할 수 있었던 것이 아니었을까?

또 김덕령 장군의 죽음에 대한 필자의 의혹도 이 소설을 통하여 단서를 찾아내게 되었다. 당시 의병장으로 활동했던 김덕령, 고언백, 곽재우 장군 등 의병장들이 '이몽학의 난'에 연루되어 구금되었으나 유독 김덕령 장군만이 억울한 죽음을 맞이하게 된다. 그 이유를 소설 속에서 감히 밝혀내고자 했다. 이순신 장군은 난중일기가 아니라 마음속의 심중일기心中日記를 옥중에서 작성한다.

그가 외치고 싶었던 가슴속 심중에 남아있는 말은 과연 무엇이었을까? 무능한 왕과 당권당쟁黨權黨爭의 부정부패不正腐敗한 신하들을 향해서 내려질 이순신의 준엄한 심판! 반역反逆은 과연 존재하는 것일까?

이 책의 서술敍述에 있어서 현대 독자들의 기호에 맞도록 가능한 어렵고 고리타분한 문장을 구사하지 않으려고 노력했다. 역사적 사실을 왜곡하고 호도糊塗할 수 없기에 작가적 상상과 소설의 허구를 나와 이순신 장군의 심중일기, 혹은 꿈으로 표기했다.

새로운 역사의 대중적 해석을 기대하며 팩션 소설 '이순신의 심중일기'를 함께해 주시기를 희망한다.

삼각산을 기리며

차
례

서장

×

혁명의 서막

길은 외길이다.

반란反亂!

- 이순신의 심중일기 1597년 정유년 3월30일 경신 -

툭—

돌멩이 하나가 포물선을 그리며 날아와서 의금부 정문을 지키던 나졸들의 발아래 맥없이 떨어져 굴렀다. 잠시 후면 인정人 定을 알리는 종소리가 임박한 시간 때였다. 나졸들의 시선이 저만치서 홀로 서 있는 소년에게로 향했다. 아이는 다른 한 손에 역시 돌팔매질을 위한 차돌을 쥐고 있었는데 먼발치 어둠에서 미묘한 빛을 머금고 있었다. 소년의 나이는 어림잡아 10 여세가 될까 말까 했다. 나졸들은 감히 의금부를 향해서 차돌멩이를 던지는 소년의 무모함에 어이가 없었다.

"경을 칠 놈이로세."

나졸들이 반응하자 소년의 입술을 비집고 기막힌 소리가 튀어 나왔다.

"풀어줘!"

풀어달라니? 뭘 풀어 달라는 말인가? 나졸들이 관심을 끌던 소년은 대담하게도 앞으로 더 걸음을 옮겼다. 그리고 억눌린 분노를 내뱉었다.

"통제사 풀어줘!"

비로소 나졸들은 소년이 원하는 것이 무엇인지를 깨달았다. 통제사라면 삼도 수군의 총수인 이순신 장군을 지칭하는 것으로 삼도수군통제사 이순신이 의금부에 감금 된지가 한 달이 넘은 시점이었다. 의금부 수문지기 나졸들은 어린 소년의 도발에 기가 막혀서 그저 물끄러미 바라만 볼 뿐이었다.

"풀어줘, 풀어줘, 풀어줘!"

그런데 바로 소년의 등 뒤에서 연방 떼창이 일어나며 일단의 무리들이 모습을 드러내는 것이 아닌가. 갓끈의 선비를 중심으로 장사꾼과 농부도 있었고 심지어는 중과 아낙네, 아이들도 상당수가 포함되어 있었다. 그들은 의금부 주변으로 몰려들며 목청 높여 요구했다.

"석방하라--! 이순신 장군을 석방하라!"

"석방하라, 석방하라, 석방하라!"

"귀선龜船의 영웅을 돌려 달라!"

"거북선의 이순신을 방면하라!"

"방면하라, 방면하라, 방면하라!"

돌려 달라, 돌려 달라, 아우성치는 백성들의 숫자가 점차 시간이 흐를수록 의금부 수옥囚獄 주변으로 늘어나기 시작했다. 처음에는 대수롭지 않게 여겼던 금부의 나졸들이 긴장하기 시작한 것은 급격히 불어나는 인파 때문이었다. 수문 나졸들의 보고를 받은 당직 금부도사 박수복朴首福은 미간이 점점 더 좁아지며 보기 흉한 주름살을 만들어냈다. 의금부 도사로 지난 4년을 봉직했으나 오늘과 같은 일은 생전 처음이었다. 임금이 파천播遷을 단행했던 그 날의 충격적인 기억이 새삼 떠올랐다. 그 날도 백성들은 거리로 몰려 나와서 임금의 행차를 울부짖으며 가로 막았다. 그런데 오늘은 통제사 이순신을 석방하라고 외치고 있는 것이다. 박수복은 나졸들을 집합시켰다.

"이런 육시랄 놈들이 있는가? 감히 주제를 모르고! 당장 해산시켜라!"

나졸들이 우르르 몰려 나갔다가 일각도 되지 않아서 꽁무니를 빼고 돌아와 보고했다.

"감당할 수 없는 숫자이옵니다."

"의금부를 둘러싸고 있습니다. 백성들로 인해서 포위당한 형국입니다."

박수복은 어이가 없었다.

"한성판윤에게 보고를 올리고 좌포청과 우포청에 당장 지원을 요청하라."

나졸들은 겁을 집어먹고 있었다. 그만큼 바깥의 상황이 심상치 않다는 것을 예고하고 있는 것이다. 나졸들이 다시 움직이기 시작했다. 그러나 이번에 더 사색이 되어 되돌아왔다.

"도사나리, 어서 나가 보셔야겠습니다."

금부도사는 나졸들을 이끌고 정문으로 달려갔다가 그만 아연실색하고 말았다. 그의 눈앞에서 믿어지지 않는 광경을 만나고 말았기 때문이다.

"이… 이럴 수가?"

백성들만이 의금부의 정문 앞을 가득 메우고 있는 것이 아니었다. 이순신의 방면을 소리치며 봉기한 그들의 등 뒤로부터 각양각색의 복장을 하고 있는 의병들이 저마다 창과 활, 총기로 무장한 채 꾸역꾸역 몰려들기 시작했다. 금부도사의 얼굴이 사색으로 변했다. 뿐만이 아니었다. 이어서 승병과 관병들이 대열을 이루면서 보무도 당당하게 등장했다. 지금 의금부 도사의 머릿속에 떠오르는 단어는 오직 하나였다.

'반역反逆이다!'

붉은 홍포의 늘씬한 사내가 늠름하게 의병들을 지휘하는 정경이 포착되었다. 의금부 도사 박수복은 그를 한 눈에 알아봤다. 임진년부터 조선의 의병장으로 명성이 자자한 홍의장군 곽재우다. 그런데 더 경악할 일은 곽재우와 나란히 말을 몰고 있는 거구의 노장군을 기억해 낸 것이다.

"도원수 권율 장군!"

금부도사의 절규에 가까운 탄성이 나졸들의 정신을 혼비백산하게 만들었다. 당금 조선의 군부를 장악하고 있는 도원수 권율과 의병장 곽재우의 출현이라니. 충격은 거기서 멈추지 않았다. 빠르게 가마 하나가 인파를 뚫고 나와서 의금부 정문 앞에 멈추었다.

"영상 대감 납시오--!"

가마꾼의 호령에 의금부 도사는 그 자리에서 주저앉을 지경이었다. 영상 대감이라면 서애 유성룡이 아니던가? 임금을 제외하고는 만인지상의 신분, 그가 왜 깊어가는 시각에 의금부를 방문하였는가? 유성룡은 거침이 없었다.

"통제사를 모시러 왔다."

의금부 도사 박수복은 목소리가 저절로 떨려 나왔다.

"어…… 명이시…… 오?"

유성룡의 안전에는 일말의 변화도 없었다. 단지 그는 이렇게 중얼거렸다.

"민명民命, 백성들의 명령이다."

의금부 도사는 다시 아득함을 느꼈다. 그는 유성룡의 담대한 어깨너머에서 연호하는 백성과 군사들에 의해서 무섭게 동요하는 자신을 발견할 뿐이었다.

"이순신, 이순신, 이순신---!"

* * *

이순신은 감았던 눈을 떴다. 산발된 머리카락 사이로 그의 눈빛은 형형하게 빛나고 있었다. 서애 유성룡과 곽재우, 그리고 도원수 권율이 옥문을 열고 들어왔다. 외부에서는 한호성이 그치지 않고 더욱 거세게 들려왔다.

"통제사 영감을 부르는 소리요."

"이제 나갑시다."

이순신은 이미 작심하고 있었다는 듯이 몸을 일으켰다. 둘째 아들 이울이 얼른 준비해두었던 갑옷을 내밀었다. 이순신은 서두르지 않았다. 각반에 투구까지 의관을 단정히 갖추었다. 이순신이 의금부의 수옥囚獄 문을 밀고 나가자 그 뒤를 영상 유성룡과 도원수 권율, 의병장 곽재우가 따랐다. 당금 조선의 최상위 문무 대신이 이순신의 뒤를 따르는 것이다.

"와아아---와아"

"이순신, 이순신, 이순신!"

문득 유성룡이 물었다.

"통제사, 어찌할 생각이신가?"

이순신이 단지 적막한 표정을 짓고 있었다. 이때 어디선가 건장한 체구에 이목구비가 뚜렷한 장수 한 명이 등장했다. 임진년의 전쟁을 통하여 세인들은 그를 투항한 왜인 항왜降倭라고 호칭하는 사야가沙也可 김충선이었다. 그는 네모반듯한 목조 상자 하나를 옆구리에 끼고 있었으나 개봉은 하지 않다. 김충선은 무례하게도 이순신을 대신하여 입을 열었다.

"만들어야합니다."

항왜 청년이 감히 발칙하게 나섰으나 이순신은 물론이고 도원수와 영상까지도 항왜 장수의 발언을 수용하는 분위기였다. 그런데 대관절 무엇을 만든다는 것인가?

"무엇을 말이요? 무엇을 만든다는 것이요?"

권율과 영상 유성룡의 시선은 이순신의 경건한 아집이 집약되어있는 입술로 향하였다. 그러나 이순신은 의금부 안팎으로 몰려들어 환호하는 의병과 군사, 백성들을 하나하나 주시하고 침묵으로 일관했다. 그의 눈빛은 고요했고 몸가짐은 단아했다.
오히려 불쑥 입을 연 것은 또 왜장수였다.

"이순신의 나라 말입니다!!"

그 소리는 마치 천둥 벽력이 되어 조선 최고의 문무관인 서애
유성룡과 도원수 권율, 의병장 곽재우를 전율하도록 만들었다.

나 이순신이 꿈꾸는 나라는 강한 나라.

백성들의 생명과 재산을 지킬 수 있는,

백 년이고 천년이고 다시는 외부의 침략을 받지 않는

백성들이 안심하고 살아갈 수 있는 나라!!

길은 외길이다.

반란反亂!

- 이순신의 심중일기 1597년 정유년 3월30일 경신-

1장

×

반역
反逆

꿈인가 생시인가?

하늘과 땅이 아득하다.

하루 사이에 천지개벽天地開闢이 되었다.

나는 어제 통제사직에서 전격 해임되어

오늘은 포승줄에 묶여 의금부 호송 함거轞車에 올랐다.

목을 내어 우는 식솔食率이며,

금부도사禁府都事호령에 군관軍官들이 애달프다.

과연 나는 역도逆徒인가?

- 이순신의 심중일기 1597년 정유년 2월 26일 정해 -

"새 하늘을 여십시오!"

이순신은 두 귀를 의심했다. 그러나 눈앞의 사내는 평소와 다름이 없었다. 그는 여전히 표정의 변화가 없이 담담하고 또 침착했다.

"새 하늘을 여시라 했습니다. 조선 백성을 위하여 새 하늘이 열려야 합니다."

새 하늘을 열라? 반역을 도모하란 말이지! 피가 역류하며 온몸이 떨려왔다. 왜구들의 함대가 미친 들개의 무리처럼 떼를 지어 바다를 뒤덮고 으르렁 거릴 때에도 이순신은 결코 떨리지 않았다. 그들이 물고, 할퀼 때도 이순신은 전혀 두려워하지 않고 오히려 그들의 급소를 노려 일거에 함몰시켰었다. 그런데 지금은 두려웠다. 한 사내의 말이 이순신을 두렵게 만든 것이다.

"네 이 노옴!"

이순신은 그 혼미한 떨림을 잊기 위해서 노성을 내질렀다. 손으로는 대장검의 손잡이를 움켜쥐었다. 당장이라도 발검拔劍할 기세로 상대를 노려봤다. 수실의 미세한 흔들림 끝에 도발적인 살기가 머금었다. 사내는 천천히 이순신 앞에 무릎을 꿇었다. 물러날 기미는 보이지 않았다.

"장군, 모르시는 겁니까? 정녕 모르시는 겁니까? 아니면, 포기하시는 겁니까? 저들은 장군의 목을 원하옵니다. 저들은 이 나라 조선의 내일을 염려하는 것이 아니라, 자신들이 소유하고 있어야 할 막대한 권력이 목적이옵니다."

"닥쳐라!"

이순신은 칼을 뽑아들었다. 도신刀身에서 뿜어지는 푸른 광채가 사내의 목에 닿았다. 이 사내의 이름은 왜나라 명名으로 사야가沙也可였다. 그는 주저함이 없었다. 이순신이 알고 있던 그는 역시 대장부大丈夫였다.

"죽음에 대한 두려움이 있었다면 감히 이 나라 조선으로 귀화하지 않았을 것입니다."

사야가는 임진왜란 초기에 조선으로 투항한 항왜降倭 장수였다. 지난 수 년 간 그는 조선을 도와 왜와 대적 했다. 이순신과 더불어 왜의 왜성을 습격하는 수륙 작전을 여러 차례 성공적으로 치렀으며 도원수 권율과 의병장 곽재우의 신임을 받고 있었다.

"장군, 부디 조선의 백성을 위한 길이 어떤 길인지 유념해 주소서!"

"입을 다물라. 불충의 대역죄로 참수하리라!"

이순신의 대장검이 하늘로 치켜 올라갔다. 칼날은 섬세하였다. 예기의 푸른 섬광은 흔들리는 등불 아래 죽음의 그늘을 드리웠다. 이순신은 그를 베고자 했다. 그의 목을 절단하여 조선의 임금을 능멸凌蔑하고 나 이순신을 모욕侮辱한 대가를 치루고 말리라 다짐하며 손아귀에 힘을 실었다. 그런데 그가 고개를 쳐들었다. 울고 있었다.

아, 눈물이다. 자신의 조국을 당당히 배신하고 칼과 총을 귀신처럼 다루며 포화砲火의 전장戰場을 누비던 전사戰士가 지금 눈물을 쏟아내고 있었다. 통곡痛哭이라 불러지는 울음이다. 이순신이 알고 있는 사야가는 비장하고 담대한 사무라이였다. 그는 죽음을 두려워하지 않았고, 포기를 몰랐으며 군인의 명예名譽를 알고 있는 무장武將이었다. 전장에서 그의 손아래 희생당한 적병의 숫자가 수천 명은 헤아릴 수 있을 정도로 피의 전선을 넘나들던 용사勇士였다. 그러한 그가 울고 있다. 그의 눈물은 기이한 전율이 되어 이순신의 가슴을 파고들고, 심장을 할퀴었다.

"내 너를 아꼈었다. 내 너를 믿었었다. 내 너를 진심으로 대하였거늘……"

이순신은 이미 그 눈물의 의미를 알아보았는지 몰랐다. 목소리가 다소 떨리고 있음이 그걸 반증하고 있었다. 아니었다면 이순신의 칼은 사선을 그으며 사야가의 목을 사정없이 내리 쳤어야 했다. 그가 항변抗辯했다.

"그래서 아뢰는 겁니다. 장군은 어찌 왕을 장군의 왕으로만 섬기려 하시는 겁니까? 왕은 신의 왕이요, 만백성의 왕이십니다. 왕은 그 누구에게나 왕이신 겁니다. 하지만, 지금의 왕은 본인,

자신 만의 왕이십니다. 장군을 위한, 백성을 위한 왕이 아니시란 말입니다."

칼을 쥔 손목의 힘줄이 푸르게 두드러졌다.

"네가 기어코 목이 떨어져야 제 정신이 들겠구나!"

사야가는 여전히 뜨거운 눈물을 쏟아내고 있었다.

"지난 해 이몽학의 난을 기억 하십니까? 반란은 개가 일으켰는데 죽기는 호랑이가 죽었습니다. 개를 때려잡는다는 핑계로 호랑이를 잡아 죽인 것입니다."

김덕령金德齡을 말함이었다. 지난 해 병신년丙申年, 칠월에 있었던 서얼庶孼 출신의 이몽학이 왜란의 혼란을 틈타서 역모를 꾀하였다. 왜적의 침입에 바로 대항하겠다는 거짓 선전으로 승려들과 가난한 농민들 수천 명을 규합한 반란군은 충청 지방의 관아를 차례로 점령하고 홍주성까지 진격하였다. 관군의 연합 대응과 이몽학 부하 반군들의 변심으로 인해서 난은 평정되었으나 이 과정에서 의병장 김덕령이 모함을 받게 되었다. 그는 매우 뛰어난 장수로써 임진왜란 초부터 활략하여 백성들의 인기를 얻고 있는 맹장으로 특히 김덕령은 무군사撫軍司 시절 당시 왕세자이던 광해군으로부터 익호장군翼虎將軍이라 불리지며 총애를 받았다. 화근은 거기에 있었다. 광해군의 사람으로 분류되어 있던 김덕령은 임금 선조의 측면에서는 경계의 대상이었다. 분조分朝를 통하여 광해군의 활동이 백성들에게 신망을 얻게 되자 왕권에 대한 불안감이 극도에 달한 선조는 김덕령을 몹시 싫어했다. 그래서 왕은 젊은 장수 김덕령을 매질로 때려 죽였다.

"김덕령은 너의 막역교莫逆交이니 그를 두둔치마라."

사야가는 뜨거운 눈물을 흘렸다.

"장군은 저의 집우執友이십니다. 피하지 마십시오. 외면하지도 마십시오. 길은 오직 두 갈래 이옵니다. 새 하늘을 열어 조선의 백성을 지옥의 나락에서 구하든지, 아니면 몰염치한 왕의 희생양이 되시던지! 김덕령의 원귀가 밤마다 소신을 찾아옵니다. 그 억울한 한의 피눈물이 사무쳐서, 진정으로 사무쳐서 잠을 이루지 못하옵니다. 장군도 이제 그리 가시면 소신은 눈뜬 원귀가 될 것입니다."

칼 빛은 섬뜩하고 이순신은 단호했다.

"눈을 감아라. 내 마지막 호의이니라."

그는 눈을 감지 않았다. 울음도 멈추지 않았다.

"이레 전에 어전회의에서 장군에 대한 죄상을 논하였다 합니다. 지중추부사 정탁은 장군이 죄가 있다 하였고, 판중추부사 육두성은 장군이 조정의 명령을 거역하고, 전쟁을 기피하여 한산도에 물러나 있다고 통분해 했습니다. 그러나 무엇보다도 위험한 것은 왕의 도발적인 발언이었습니다."

"무엄하다. 상감마마의 옥음을 도발이라 하였는가?"

"시정하지요. 그 위선의 옥음으로 왕이 소리쳤다 하더이다. '이순신은 용서할 수 없다! 비록, 그의 손으로 일본의 왜장 가토의 목을 베어 오더라도 결코 그 죄를 용서해 줄 수 없노라. 조정을 업신여기는 이순신을…!' 왕은 장군을 죽이려 하십니다."

기이하게도 이순신은 놀라지 않았다. 오히려 이레 전에 어전에서 벌어졌다던 왕과 대신들의 입모양만이 선명하게 떠올랐다. 구중궁궐九重宮闕의 담장 안에서 나불거리는 입 모양이 둥둥 떠다녔다. 시커멓게 썩은 혀는 날름거리고, 구더기가 파먹어버린 듯이 주둥아리가 된 입술이 이순신의 온 몸을 벌레처럼 기어다녔다. 그 주둥아리들은 임진왜란 내내 이순신에게서 기생寄生했다.

"장군, 이제는 깨어나셔야 합니다. 저들은 장군의 충정忠正을 오염시키고 장군의 충의忠義를 모의謀議로 해석하는 조선의 해충害蟲입니다."

오년 전, 임진년에 왜란이 발발하자 왕 선조와 그 측근들은 금수강산과 백성들을 뒤로하고 도주하기에 급급하였다. 남해를 수호하던 이순신과 전국에서 활동하던 의병들, 그리고 명군의 참전으로 겨우 한양으로 되돌아 온 주둥아리들.

"어리석은 놈, 미욱한 놈! 서푼의 해충이 존재함에도 무릇 그 연유가 있는 터이다. 그대는 어찌 하나만 바라보는가?"

그렇던가? 미물의 존재에도 이유가 있던가. 항왜장수 사야가는 아주 찰나의 순간이긴 했지만 현혹됨을 느꼈다. 그러나 그의 담대함은 견고했다.

"그렇습니다. 저는 오로지 장군, 한 분 만을 주시합니다."

"어째서 일개 필부인 나만 본단 말이냐? 백성을 생각하고 나라를 위하는 것이 군신群臣의 도리인 것을."

"나의 도리는 오직 장군이십니다. 전란에 짓밟히고 망가진 백성들을 생각하소서. 못나고 못난 왕을 만나서 고통 받는 그들을 구원할 수 있는 유일한 분이 바로 장군이십니다. 이순신이란 이름의 장군 뿐이옵니다. ”

이순신의 호흡이 비정상적으로 거칠어 졌다.

“날 더 이상 지켜보지 말라. 너의 도리라 말하지 마라. 너는 내게 모반의 역심을 품게 하는 희대의 요물이로다!”

그러나 이순신은 느끼고 있었다. 이제 조금만 더 지체 한다면 그의 지켜봄에 현혹 되리라. 흔들리고 또 흔들려서 이 사내의 눈물을 닦아줄 지도 모른다. 멈추어서는 아니 된다. 이순신은 마지막 기력을 다하여 칼에 힘을 불어 넣었다. 혼신渾身의 기를 모았다. 이번에는 기필코 상대의 목을 치리라. 칼끝에서 뇌성雷聲이 울고 벽력霹靂이 떨어졌다. 밖은 삼경三更이었고 이순신의 칼은 통곡하는 사내의 목을 겨냥하고 있었다.

“아버님!”

이순신의 둘째아들 울蔚과 장남 회薈가 방안으로 뛰어 들어왔다. 그들은 감히 이순신을 제지 하지 못하고 무릎을 꿇었다. 둘째 울은 김충선과 동갑이며 그와 적진을 함께 누빈 전우戰友였다. 울이 머리를 조아렸다.

“아버님, 충선은 오직 아버님을 위한 일편단심一片丹心으로 불충한 행동을 망설이지 않은 것이옵니다. 친구의 마음은 누구보다도 소자가 잘 알고 있사옵니다.”

장남 회도 눈물을 쏟아냈다.

“굽어 살펴 주십시오. 충선은 조선을 위하여 조국을 버리고, 가문을 등졌습니다. 그가 임진왜란으로 부터 시작하여 오늘에 이르기까지 단 한 번도 외람된 행동을 하지 않았습니다. 조선을 구하기 위한 의로운 전쟁을 치러 왔음을 아버님도 잘 아시지 않습니까?"

이순신은 아랫입술을 깨물었다.

"물론 알고말고."

울이 서러워 울며 김충선의 몸을 감싸 안았다.

"아신다 하시면서 어찌 충선을 이리도 모질게 대하신단 말입니까?"

칼을 쥔 손목에 맥이 풀리고 있었다.

"저 놈이 실성을 했다. 곱게 미치지 않았으니 내 어이 한단 말이냐? 아들의 친구이니 내 자식이요. 전장의 동료이니 내 혈육이다. 나 또한 놈의 절개節槪를 지켜줄 방도가 이 뿐이구나."

김충선이 통곡을 멈췄다. 그의 서늘한 눈빛은 이순신을 향하고 있었다. 그러자 은근한 두려움이 삽시간에 방 안을 감싸고돌았다. 새 하늘을 열라는 그의 음성이 두려움으로 메아리 치고 있는 것이다.

"장군… 아니, 아버님…! 멀지 않아 조정에서 어명이 내려질 것입니다. 통제사를 제거하기 위한 수순이지요. 시간이 없습니다. 선수先手를 치고, 기선機先을 제압해야 합니다. 머뭇거릴 여유가 없습니다."

역모逆謀를 도모하라는 주장이었다. 꿈에도 생각지 못했던 반란의 역심을 감히 이순신에게 당당히 권유하는 용기는 누구에게나 있는 것이 아니었다. 김충선이기에 가능한 것이 아니었을까. 그는 이미 한 차례 조국 왜를 배신한 사무라이가 아니던가.

이순신은 대장검을 칼집과 함께 울에게 넘겨줬다. 이미 그 칼은 이순신에게 버거웠다.

"그래서 부모에게 왕을 져버리고 나라를 배신하라고 충동하는 것이냐? 내 일신의 안위가 두려워서? 난 무섭지 않다. 그 누구의 모함 따위는 겁나지 않는다. 내가 무서운 것은 바다에 가득 떠있는 적들일 뿐이다. 그들을 물리치지 못함이 두려움이다!"

김충선의 충혈 된 눈빛은 여전히 사무쳐왔다.

"장군, 틀렸사옵니다. 진정 두려운 것은 백성이옵니다. 진정 무서워해야 할 것은 조선의 인심이옵니다. 아버님은 지금 제가 두려울 것이옵니다. 왜냐하면 저도 조선의 백성이기 때문입니다."

이놈은 사람을 꿰뚫어 보는 비상한 재주가 있다. 울과 동갑인 이십 대 나이에 어울리지 않게 사람을 감탄하게 한다. 왜의 유능한 장수로 참전하여 조선을 위해서 그 왜와 싸우게 된 동기를 이순신은 알고 있기에 그를 인정하고 있는 것이다. 이순신은 손을 휘저었다.

"그만 물러가라."

김충선은 도무지 그럴 기미가 없어 보였다.

"임금의 눈으로 보지 마시고, 백성의 눈으로 보아 주십시오… 아버님! 백성들이 원하는 길을 걸으시는 것이 진실로 의로운 일이옵니다."

이순신은 발걸음을 멈추었다. 그의 눈에서 불꽃은 섬광이 되어 번쩍였다.

"어느 백성이 내게 새 하늘을 열라고 한단 말이냐?"

김충선의 목은 메어 있었다.

"조선의 백성 모두가 장군을 원하고 있나이다. 어찌 그 사실을 인정하지 않으신단 말입니까?"

"단단히 홀렸구나. 대관절 내가 알고 있던 충선은 어디 있는 게냐?"

울이 이순신의 표정을 읽으며 안도의 숨을 몰아쉬었다.

"아버님의 아들들은 언제나 아버님의 뒤에 있습니다."

이미 노여움이 사라져 있음을 발견한 것이리라. 그랬다. 충선과 두 아들의 의도를 이순신 역시도 모르지는 않았다. 그들이 무엇을 원하고, 바라보는 것인지를 이순신도 두려움으로 체험하고 있었다. 장자인 이회가 조심스럽게 아뢴다.

"전라도 병마절도사 원균 장군이 장계를 올렸다 합니다."

이순신은 탄식을 삼켰다.

"장계라……."

"아버님의 수군 전략을 은연중에 비하卑下하는 내용이옵니다."

이순신은 혀를 찼다. 원균에 대해서는 그저 가슴이 답답해질 뿐이었다. 언제부터인가 그의 이름이 불려 질 때 마다 혀를 차는 버릇이 생겼다. 이순신보다도 연장자인 원균은 오랜 지기나 다름없었다.

"원균은 용맹한 장수이지만 매우 단순하지. 조정의 명을 거역하고 기만하는 것으로 날 보고 있으니 참지 못했을 것이다."

이순신은 두 아들, 아니 사야가 김충선과 더불어서 세 아들이 이해하기를 바랐다. 하지만 그건 단지 바램이었다.

"그의 장계는 치졸하기 이를 데 없습니다."

"원 장군은 아버님에 대하여 도가 지나치십니다."

이순신은 외면하고 싶었지만 그러지 못했다.

"그러니까 원균의 장계를 접하고, 어전회의에서 나에 대한 징계를 논의 했다는 거 아니냐. 특히 상감마마의 진노震怒가 대단하셨을 것이고. 충선아, 그렇다고 불충해서는 아니 되는 법이다."

김충선은 가볍게 한숨을 몰아쉬었다. 그러나 눈빛은 추호도 망설임이 없었다. 맑았다. 이러한 눈을 지니고 있는 사람은 절대 가볍지 않다.

"아버님, 원균절도사의 문제가 아니옵니다."

"그렇다면 왜인 요시라인가? 우리 조선에게 가토 기요마사加藤清正의 행적을 첩보 하였던 고니시 유키나가小西行長의 간자間者?"

이순신은 짐짓 김충선이 고대하는 대답을 하지 않았다. 물론 집요한 그가 순순히 물러나지 않을 것이란 사실도 미리 짐작하고 있었다. 김충선은 여지가 없었다.

"왜적의 술수에 말려들지 않기 위해서 어명을 거역한 아버님 이십니다. 누구를 위한 결단 이셨습니까?"

임금 선조는 이순신에게 요시라의 첩보를 전해주며, 조선으로 잠입하는 가토의 함대를 수장시키라 명령 했었다. 하지만 그

지시를 묵살 하였다. 이순신에게 있어 함대는 조선의 마지막 수호신이었다. 신뢰할 수 없는 간자의 정보만으로 함대를 출동 시킬 수는 없었다. 이순신의 함대가 왜적의 술수에 의해 궤멸 당한다면 그때는 더 이상 조선을 지킬 수 없기 때문이었다.

"누구를 위한 결단이냐 물었사옵니다."

김충선의 재촉에 이순신은 대답하지 않을 수 없었다.

"조선을 방비하기 위함이었다."

"그렇습니다. 아버님은 이 나라를 지키고자 어명도 따르시지 않았습니다. 왕에 대한 충성이 아니라 이 나라, 이 백성을 위한 선택이었습니다. 그것은 실로 옳은 결단이었습니다."

이순신은 갈증을 느꼈다. 이 아이들에게는 진실을 이야기해 주고 싶다는 생각이 간절했다. 어명을 거역한 신하가 아니었다는 그 진실을 토설하고자 했다. 그러나 이때 사야가 김충선의 감정은 고조되었다.

"생각해 보십시오. 지금의 조정은 백성들의 고혈로 호의호식하면서 정작 백성을 위해서는 아무 일도 안하는 자들로 채워져 있고, 왕은 그러한 자들을 이용해 자리보전에만 급급하지 않습니까? 정여립이나 이몽학이 출현한 것도 다 이 조정이 썩어 빠졌기 때문 아닙니까? 두고 보십시오. 이 전쟁이 끝나면 조선을 위해 모든 걸 바쳐 싸웠던 장군이나 의병장들도 조정의 썩은 무리들에 의해 김덕령처럼 죽게 될 것입니다."

이순신은 진의를 뱉고 싶었으나 삼켰다. 아들들에게 마치 하소연이라도 하는 듯이 비쳐지기를 원치 않았다. 이순신은 단지 안면을 일그러뜨리며 쓰디 쓴 웃음을 지었다.

"그래, 익호장군 김덕령, 그럴지도 모르지. 그러나 새 하늘도 하늘이 여는 것이지 내가 여는 것이 아니야."

이순신도 김덕령의 억울한 죽음 이후, 앞으로 벌어질 일에 대해서 짐작은 하고 있었다. 이 전쟁이 끝나면 전쟁에 공이 있는 무장들과 의병장들도 혹독하게 숙청당할 것이라는 것을. 그래야 썩어빠진 왕과 조정이 계속 기득권을 누리고 편안하게 백성을 수탈할 테니까.

김충선은 물러날 기미를 보이지 않는다.

"원균 전라병사에게 경상도 수군통제사를 임명하는 유서諭書가 전해졌다 합니다. 이것은 무엇을 말함이옵니까?"

회의 음성도 떨려 나왔다.

"아버님이 매우 긴급하옵니다. 위급하옵니다."

이제 보니 이 아들들은 이미 작당을 하고 있었다. 자신을 향해서 시시각각 조여 오는 조선의 왕 선조의 마수魔手로부터 애비를 구원 하고자 자식들이 모의를 꾸민 것이다. 김충선은 덥석 이순신의 손을 거머쥐었다.

"아버님의 한 마음이 새로운 조선을 건국할 수 있습니다. 왜적에게 치이고, 명나라에 빌붙고 여진족에게 무시당하는 조선이 아닌 강하고 당당한 나라 조선을 말입니다!"

아아, 당당한 조선, 얼마나 아우성치고 싶은 조국인가. 그의 말은 틀리지 않았다. 조선의 금수강산錦繡江山이 임진년 왜적의 침략으로 철저히 유린당하였다. 명나라는 대국이라고 거들먹거렸으며 여진 오랑캐들은 북방을 넘나들며 약탈掠奪을 일삼았다. 이 모든 것이 조선이 조정이, 조선의 군대가 무력하기 때문에 빚어진 참화慘禍였다.

'강한 조선! 당당한 조선! 그 어느 누구도 조선의 백성 단 한 명을 상하게 할 수 없는 강력한 조선!'

이것은 이순신의 염원念願이었다.

"지난 수년간 아버님은 왜적으로부터 조선의 남해를 사수 하셨고, 그로인해서 조선을 사수하는데 혁혁한 공로를 세우셨습니다. 조선의 백성이라면 그 누구 하나 장군을 기리지 않는 이가 없습니다. 오직 임금만이 아버님을 그리 생각지 않고 있습니다."

"그렇다면 왕은 날 어찌 보시고 계시는가?"

김충선은 이때 단호하다.

"오로지 제거해야 할 대상으로 분류하고 있습니다."

충격이었다. 임금이, 나의 왕이 과연 그러한가? 지난 수 년 간 이순신은 오직 이 나라, 이 백성을 위해 헌신적으로 생사의 바다를 누벼왔을 뿐 일진데… 왕은 나를 버리고자 한다. 장남 회가 조심스럽게 아뢴다.

"임금이 아버님을 버리셨습니다. 이제, 아버님이 임금을 포기하셔야 할 때이옵니다."

이순신은 갑자기 바다가 그리웠다.

무언의 함성으로 휘몰아치던 파도가 그립고, 바다 끝의 붉은 노을이 사무쳤다. 왕이 나를 버렸다. 남해南海의 귀선龜船으로 조선을 구했다고 용안龍顔을 온통 눈물로 적시며 아이처럼 좋아 하셨던 임금이었다. 임진년 왜적의 침입으로 소스라치며 파천播遷을 단행하셨던 그 아픔의 기억으로, 나의 승전보勝戰譜에 감동하시어 나 이순신만을 믿는다 하시었던 상감이었다.

그 신뢰는 바다 안개처럼 희미했고 의혹은 수평선 마냥 길었다.

"바다가 보고 싶다."

삼경의 바다는 깊은 어둠이었고, 이순신의 가슴은 그보다 더 짙은 암흑이었다. 바다에는 안개비가 내리고 있었다.

2장

×

왕의
고
뇌
苦
惱

왕실은 존엄尊嚴하지 못하고

신하들은 무능無能하구나.

불행한 조선에 불쌍한 백성들

역사歷史를 오염시키는 주둥아리들

당쟁黨爭과 아첨阿諂으로

조선은 희망希望이 없는 나라.

누가 과연 구원 할 수 있는가?

- 이순신의 심중일기 1597년 정유년 2월 27일 무자 -

　비는 섬광을 동반하였다. 침전寢殿을 가로 지르는 푸른빛에 궁녀宮女를 안고 있던 조선의 14대 왕 선조宣祖는 화들짝 놀라 깨었다. 식은땀이 등줄기를 타고 흘렀다. 궁녀가 놀란 눈으로 몸을 일으키며 불을 밝혔다. 그녀의 유방乳房이 출렁거렸다.

　"마마, 무슨 일이시옵니까? 이 땀… 흉몽이라도 꾸신 겁니까?"

　20여세를 채 넘기지 않음직한 궁녀는 분홍빛 부풀은 가슴으로 선조를 끌어안았다. 왕은 감흥感興이 일어나지 않았다. 그래. 꿈이었다. 바닷가에서 거북이들이 떼를 지어 기어 올라왔다. 한꺼번에 무리를 지어 백사장을 뒤덮어 버리는 거북이의 행렬은 끝이 보이지 않았다. 선조는 놀라서 주저앉았다. 그의 몸으로 거북들이 하나 둘 기어오르기 시작했다. 그런데 놀랍게도 그 하나하나 거북의 등껍질에는 임금 왕王이 선명하게 새겨져 있지 않은가. 처음에는 신기했다. 왕에게 달려드는 왕의 글자를 등껍질로 삼고 있는 거북이들.

"짐이 너희들의 왕인가?"

선조는 꿈속에서 중얼거렸다. 그러다가 문득 귀갑선龜甲船을 떠올렸다. 일시에 호흡이 멈췄다. 거북이들이 떼 지어 목구멍으로 꾸역꾸역 기어들었다. 공포감이 전신으로 엄습했다. 바다거북의 짜고 비린 냄새가 역하게 후각을 진저리치게 만들었다.

"물러나라!"

선조는 황망히 궁녀를 밀어버렸다. 벌거벗은 나신裸身이 저만치 날아가 금빛 찬란한 촛대와 함께 병풍 끝에 나뒹굴었다. 궁녀가 몸을 사리면서 덜덜 떨었다.

"마마, 고정하옵소서. 왜 이러시옵니까?"

선조가 궁녀를 노려봤다.

"네년의 젖통에서 거북이 냄새가 난다."

궁녀는 순간적으로 자신의 젖가슴을 내려다보았다. 출산을 경험하지 않은 수줍은 유방은 팽팽한 긴장감으로 위축되어 있었다. 하지만 누구보다도 풍성하고 도발적인 육감肉感은 여전히 유혹적이었다. 이 가슴으로 선조를 매혹 시켰었다.

"마마, 그럴 리가 있사옵니까? 간밤에는 소첩의 가슴에 식은 땀을 흘리시어…… 거북의 냄새라 하오시면…… 혹……"

"당장 물러가라!"

선조는 고함을 지르며 궁녀를 외면했다. 놀란 것은 궁녀만이 아니었다. 선조를 그림자처럼 수행하는 상선尙膳이 졸고 있다가 벼락을 당하여 허둥댔다.

"주상전하, 고 내관 이옵니다."

"도승지를 들라 하라!"

상선 고명수는 날벼락에 직면하였다. 야심한 시각에 울리는 선조의 목소리는 매우 탁하였다.

"즉각 분부 받들겠나이다."

고내관이 허리를 굽히고 물러나고자 했다. 그러나 선조의 변덕이 내관의 뒤축을 잡아 당겼다.

"아니야, 그보다는 헌부憲府의 지평 강두명을 부르라."

왕은 순라군에게 쫓기는 도둑처럼 서둘렀다. 고내관은 영문도 모르고 급히 왕명을 받았다.

"사헌부의 강두명 지평을 대령하겠나이다."

선조는 궁녀의 가녀린 어깨를 밀쳤다.

"이 계집도 끌어내라!"

궁녀는 미처 의복도 챙겨 입지 못하고 내관에 의해서 끌려 나갔다. 섬뜩한 악몽惡夢은 바다와 거북의 역겨운 비린내를 풍기며 도발하고 있었다. 홀로 남은 선조는 꿈을 되새겼다. 자신의 몸뚱어리로 기어오르던 거북이 떼는 소름이 오싹 끼쳤다. 선조는 간질병 환자처럼 발작했다.

* * *

사헌부 지평 강두명은 전례가 없었던 왕명을 새벽에 받고 놀란 걸음으로 입궐하였다. 선조는 그를 내려다보며 불안이 팽배한 어투로 꿈 이야기를 늘어놨다.

"귀선龜船을 보았다. 왕이 되고자 하는 거북이들의 반란을 꿈꾸었다. 그건 생시와도 같았다."

"고정하옵소서. 마마……"

선조는 멈추지 않았다.

"바다의 거북을 동원할 수 있는 힘을 지니고 있는 것은 통제사 이순신이다. 그는 과인의 명을 수행하지 않고 감히 출전을 포기했다. 왜적을 물리쳐야 하건만 스스로 불충하고, 이제 그 힘으로 조정을 능멸하려 한다."

강두명은 머리를 조아렸다. 그는 사헌부 지평에 임명된 기간이 짧았지만 선조가 이른 아침부터 자신을 불러들인 까닭 정도는 파악할 수 있는 머리를 지닌 자였다.

"통제사 이순신의 죄과는 용서받지 못할 것이옵니다. 헌부에서는 즉시 응징 하도록 조치할 것이옵니다."

선조는 뒤숭숭한 꿈의 마무리를 이순신의 제거로 작정하고 있었다. 그에게로 쏠려 있는 민심은 선조에게 있어 불안 정도가 아니라 극심한 두통과 소화불량의 복통을 동반하고 있었다. 이순신의 존재가 선조의 만성질환이었다.

"통제사가 이제는 꿈속에서 조차 과인을 괴롭히고 있도다."

"심려하지 마소서, 사헌부 지평 강두명이 해결하겠사옵니다."

강두명은 엎드려 물러난 후 즉시 헌부의 이름으로 이순신을 포박 압송하여 벌을 내리자고 청하였다. 사헌부가 갑자기 바빠지기 시작했다. 이 소식은 즉각 서애 유성룡에게도 날아갔다.

* * *

"사헌부에서 말인가?"

영의정 유성룡은 현기증을 느꼈다. 대관절 사헌부가 전란의 현장에서 구국을 위한 장수들의 피나는 노고를 어찌 평가할 수 있다는 말인가? 더구나, 이순신이 누구인가? 임진 원년에 패배의 조선을 위기에서 구원한 명장이 아니던가.

"이건 아니다."

눈을 감았다. 외고집의 원리원칙을 중시하는 이순신의 결연한 얼굴이 떠올랐다. 그는 이번 위기를 어찌 감당할 것인가. 가슴이 먹먹해져 왔다. 유성룡은 이대로 눈을 감고 영영 귀를 닫았으면 싶었다. 조정에서 물러나기를 여러 번 선조에게 간청했으나 받아드려지지 않았다. 끝내는 이런 추잡한 모의謀議를 공동으로 감내해야 하는 것이다.

"마침내 조선이 자멸하려는가?"

탄성이 나직이 새어 나왔다. 삼도수군통제사 이순신이 지키지 못하는 남해 바다는 상상도 할 수 없는 일이었다. 왜적은 갖은 술수로 이순신을 고립 시켰고, 조선의 조정은 이순신을 시기했다. 왜적으로부터 남해를 사수한 유일의 승장이며 명장으로의 이순신은 조선 백성들의 우상偶像이었으며 전 수군의 신화神話였다. 유성룡은 눈을 떴다. 눈물이 촉촉하게 배어 나오고 있었다.

"그대에게는 면목이 없구나. 차라리 내 그대를 조선에 천거하지 않았었다면…… 그대는 오늘의 화를 당하지 않았을지니!"

이미 유성룡은 짐작하고 있었다. 이순신이 겪어야 할 참상慘狀에 몸서리를 쳤다. 국문鞠問을 당하고 전신을 갈가리 난도질당하여 끝내 죽음에 이르게 되리라. 왕의 분노는 극도의 시기심에서 비롯되었고, 그 질투의 칼끝은 이순신을 향하고 있다. 피할 수는 없다. 도망칠 수도 없다. 이순신은 이제 죽음만이 존재할 뿐이다. 유성룡은 눈을 감았다.

"미안하구나. 정녕 미안하구나."

탄식은 끝이 없었다. 이런 사달이 발생하고서야 유성룡은 후회가 엄습했다. 미루어 짐작할 수 있는 일이었다. 그 대상이 선조이기에 방비했어야 했다. 그러나 무엄한 왕명은 어떤 명분으로도 제지가 어려운 법이었다. 유성룡은 그래도 일국의 재상宰相이었다. 이렇게 이순신의 절망을 보고만 있을 수는 없었다. 그는 입궐을 서둘렀다.

* * *

봄의 기운이 완연하게 느껴지는 햇살이었다. 정릉동행궁貞陵洞行宮의 서청西廳으로 바쁜 걸음을 향하던 유성룡은 마침 내관 고명수와 나란히 걸어오고 있는 좌의정 육두성陸斗成의 거구를 만났다. 육척 장신에 양 어깨가 떡 벌어지고, 곰의 허리에 관복을 걸친 모습이 장창을 거머쥐고 전쟁터를 누비는 장수와 같은 모습이었다.

"용단을 내리셨소이다. 상감께옵서."

마치 승냥이처럼 간살스러운 음성이 전혀 외모와는 다른 목청을 지니고 있는 좌상左相이었다. 유성룡은 그의 특이한 목소리에 고막을 막고 싶을 때가 한 두 번이 아니었다. 오늘도 인내하였다.

　"거북이 떼가 용상을 물어뜯는 흉몽을 꾸셨다 하오."

　유성룡은 어이가 없어서 한 마디 내뱉었다.

　"거북이가 왜적을 모조리 먹어 치우는 꿈이 아니었고요?"

　좌의정 육두성의 눈매가 서늘하게 변하였다.

　"영상은 그리 생각하고픈 것이지요. 하지만 용상을 뒤집어 놓은 거북 떼는 결코 용납할 수가 없지 않습니까?"

　"지혜롭지 못한 사람은 꿈만 꾸고, 현명한 사람은 꿈을 이룬다고 하지 않소. 우리 수군이 임진년 초기처럼 바다위에서 왜적선을 모조리 물리쳐 주기를 간절히 소망할 뿐이요."

　육두성은 여전히 승냥이처럼 혐오스러운 목청을 꺼냈다.

　"그것은 매우 지당한 꿈이요. 이제 그 좀팽이 같은 이순신을 파직 시키고 원균 장군 같은 용맹한 장수를 임용하여 왜적을 일거에 쓸어버려야 할 것이요."

　이순신을 비유한 거북에서 이제 본론으로 접어들었다. 유성룡의 목청에도 차가운 서리가 내려앉았다.

　"좌상은 이순신 통제사를 하찮게 여기시는구려."

　"그는 무능하고, 다른 장수의 공로를 가로채며, 조정의 명을 따르지 않고 있는 겁쟁이요… 아주 불충한 위인이요. 내 말이 틀렸소?"

"임진년에 이순신은 남해 바다를 가장 훌륭하게 지켜 냈소이다. 그가 수군을 이끌고 연전연승을 해내는 바람에 남해를 수호하고 조선을 보존할 수 있었다는 사실을 어찌 외면하신단 말씀이요?"

육두성의 미간이 찌푸려졌다. 어전에서 한번은 충돌해야할 사안이었다. 삼도수군통제사 이순신이란 이름은 이미 구국의 명장으로 존경받고 있는 군인이었다.

"그건 그렇지 않소. 통제사가 아니더라도 충분히 적을 물리칠 수 있는 화력과 함대를 우리는 보유하고 있었소. 이순신이 아니었다면, 당시 원균수사나 이억기수사가 해냈을 것이오."

유성룡도 쉽게 물러나지 않았다.

"만물의 이치는 반드시 그러하지 않소. 똑같은 자식들에게 똑같은 재산을 나눠주고, 똑같은 시간을 부여해 줘도 결국 재산을 늘리는 자식과 탕진한 자식이 있기 마련이요. 역시 같은 재료로 많은 요리사들이 음식을 만들어도 그 맛과 향은 각기 다르오."

죄의정 육두성은 짜증이 일어나는 모양이었다.

"이순신이 아니었다면 임진년의 남해 승리가 없었다는 말로 해석해도 되오?"

"통제사 이순신은 자신에 대한 엄격함과 자제력이 철저한 사람이요. 이와 같은 인물은 그 어떤 임무라 할지라도 소신껏 행동하오."

이번에는 우렁찬 목소리가 들려왔다.

"어떠한 변명이라도 이번에는 통하지 않소이다. 그는 죄 중에서도 가장 큰 죄를 범하였소. 상감을 모역하고, 조정 대신들을 능멸한 것은 절대 용서할 수 없는 것이요! 헌부의 주청으로 금부에서 형리들이 파견되었으니 조만간 그를 형틀에 매어 놓고 죄를 추궁할 수 있을 것이요."

고함과 핏대를 세우고 이조판서吏曹判書 겸 예문관 제학 이우찬李宇瓚이 일단의 무리들과 등장했다.

"이 대감은 혹시 병법에 관해서 아는 바가 있소?"

유성룡의 뜬금없는 질문에 이우찬은 벌컥 화를 내었다.

"그래서 영상은 지금 내게 이순신의 병법을 논하려 하는 것이요? 그가 아무리 손무孫武를 능가하는 병술의 대가라 할지라도 법을 어긴 죄인이라면 그냥 죄인인거요. 죄인을 병술에 능통하다 하여 그 죄를 용서해 줄 수는 없는 법이 아니요?"

"그렇고말고! 이 대감의 말씀이 백번 지당하오."

좌의정 육두성은 지지자의 등장으로 희색이 만연하여 거들었다. 그들은 당파를 초월하여 이순신에 대한 거부감은 공통적이었다.

"내 말은 이번 이순신에 대한 우리의 대응이 바로 적들이 노리고 있는 자중지란自中之亂이 아닌가 싶은 우려 때문이요. 왜놈들이 제공해준 첩보를 그대로 신뢰한다는 것은 크나큰 도박이며 허술하기 짝이 없는 우리의 맹점이요."

"그것은 영상의 판단이 옳으신 듯하옵니다. 왜놈인 요시라의 반간계反間計일 수도 있습니다. 고니시와 가토의 반목을 우리가 어찌 미루어 짐작할 수 있단 말입니까? 이것은 매우 위험한 발상이옵니다."

한음 이덕형李德馨이었다. 병조판서兵曹判書로 조선의 병부를 책임지고 있는 남인이었으나 그는 당파를 초월하여 유성룡과는 서로의 학식과 인품을 존중하는 상호 신뢰의 관계였다. 일행 중 지중추부사 정탁鄭琢이 입을 열었다.

"영상이 천거한 이순신이니 그 마음 오죽하겠소. 하지만, 가토가 바다를 넘나들도록 방어하지 않은 것은 확실히 불찰이외다. 어명을 거역한 것은 잘못된 것이오."

유성룡은 입을 다물었다. 이들이 주장하고 있는 이순신의 죄는 '적들의 함정에 왜 빠지지 않은 것이냐'는 것이다. 참으로 답답하고 한심한 노릇이 아닐 수 없었다. 유성룡은 이미 짐작하고 있었다. 그 짐작이 사실로 입증되는 것이 두려울 뿐이다. 도저히 피할 수 없는 죽음의 그림자가 이순신에게 드리워지고 있다는 것을 생각하자 유성룡은 한 차례 진저리를 쳤다.

"영상 대감, 괜찮습니까?"

유성룡은 손을 흔들어 매우 걱정스러운 눈빛을 던지는 병조판서 이덕형을 안심시키면서 앞서 걸어 나갔다.

이조판서가 바싹 다가들어서 귓속말로 속닥거렸다.

"영상 대감이 이번에는 절대 무사할 수 없을 것이옵니다. 역심을 품고 있는 신하를 천거한 죄를 어찌 피해 나갈 수 있단 말입니까?"

나지막한 목소리였으나 지중추부사 정탁의 이목에는 딱 걸리고 말았다.

"역심은 아니지요. 그건 아닐 겁니다."

좌의정 육두성이 발끈하여 소리쳤다.

"주상전하의 어명을 받들지 않은 것이 바로 역심이 아니고 무엇이요? 창칼을 앞세워서 궁으로 난입해야만 역적이 되는 게 아니오. 불손한 마음을 지니고 있어도 그건 대역죄인 것이요."

"좌상의 말씀이 백번 지당하옵니다."

유성룡은 뒤돌아보지 않아도 아부를 떨고 있는 이조판서 이우찬의 얼굴이 선명하게 떠올랐다. 보나마나 코를 벌렁 거리면서 두 손을 새색시 마냥 맞잡고 눈웃음을 치고 있으리라. 유성룡은 고개를 저었다.

"이건 저주로군. 거북이의 저주!"

병조판서 이덕형이 따르던 걸음을 멈추었다.

"저… 주라 하시면?"

"모두가 거북이를 저주하고 있는 듯하오. 그로 인하여 희망을 가질 수 있었던 기억은 까마득히 잊고 있소."

내관 고명수가 놀란 토끼눈을 하였다. 그 날 왕 선조는 거북이 꿈을 꾸고 반 미쳐서 날뛰었다. 저주를 퍼부어 댔다. 새삼 거북이의 저주라 한탄하는 왕의 행태를 침묵으로 지켜보던 영상은 탄식하지 않을 수 없었다.

'그렇군. 이 좋은 날 거북의 저주가 행궁을 송두리 채 뒤덮고 있어.'

정오의 봄 햇살은 여전히 눈부셨다. 유성룡은 그 아름다운 봄날의 저주를 증오하며 지나간 날을 더듬었다. 이순신을 마지막으로 만났던 그 날로 되돌아갈 수만 있다면 자신의 판단을 수정하고 싶다고 생각했다. 그리되면 오늘의 저주가 발생하지 않았을 수도 있을 것이었다. 봄날 왕의 뜰에는 거북의 냄새가 풍기지 않았다.

* * *

"이순신의 나라가 아니오! 이 나라는……!"

선조는 술잔을 기울이며 버럭 소리를 내질렀다. 고요한 별궁이 한차례 폭풍에 휘감기고 있었다. 왕은 어전회의를 간략히 마친 후 영의정 유성룡만을 단독으로 불러냈다.

"신하된 자로서 어찌 내 명을 거역할 수 있단 말이요?"

"전하……"

"영상의 생각을 들어 보고 싶소. 이순신이 대관절 누굴 믿고 있기에 그리 오만방자한 것인지… 백성들의 신망을 받고 있다하여 과인을 무시하는 것이요?"

"전하……"

"그게 아니라면 영상의 권위가 과인을 능가 한다고 믿는 것인가? 그런 거요?"

"망극한 일이옵니다. 전하!"

조선의 왕 선조는 홍분이 가시지 않고 있었다. 그는 신경질적인 반응을 보이며 핏대를 세웠다.

"이순신을 용서할 수는 없소. 그를 국문鞫問할 것이오. 헌부의 주청을 받았으며 원균 장군의 장계도 도착했소. 그는 마땅히 죽어야하오. 영상을 독대한 것은 그의 구명救命을 경고警告하기 위함이요. 절대 그를 위해서 입을 열지 마시오. 난 이순신을 버리려 하지만 그대 영상을 잃기는 싫소.”

“신을 벌하소서. 주상전하에게 불충하여 사직을 청하옵니다.”

“쉬이… 지금은 말하지 마시오. 그냥 내 술잔을 받기만 하시오.”

“전하……!”

“허, 입을 열지마라 하였소. 그냥 술잔을 비우면 되는 게요.”

임금이 손수 따라주는 술맛도 역시 독하기는 마찬가지였다. 유성룡은 단숨에 잔을 비운 후 오늘 밤은 취하도록 마시고 싶다는 생각을 하였다. 그래서 지금의 혼란을 잊을 수만 있다 면이야. 선조는 빈 잔에 다시 술을 채웠다.

“내리 석 잔은 마셔야 하오. 이것은 벌주요. 이순신을 천거하여 임진년에 공을 세우게 한 죄! 과인을 번민에 빠뜨린 죄! 그리하여 명장을 죽일 수밖에 없는 고통을 내게 안겨준 죄!”

“아아…… 마마!”

옥으로 만들어진 조그마한 술잔에 술이 철철 넘쳐흐른다. 왕의 고뇌와 감출 수 없는 혼란이 흘러내리고 있었다. 불현듯 왕에 대한 애잔함이 가슴으로 스며들었다. 그랬을 것이다. 왕 선조는 왕실을 보존하기 위한 광기狂氣에 사로잡혀 있었다. 조선의 13대 왕 명종이 후사가 없자 아우인 덕흥대원군의 셋째 아들 하성군 즉 선조를 보위에 올렸다. 따라서 조선의 14대 왕에 오른 선조는 왕위의 세습에 있어 정통성을 인정받을 수 없었기에 더욱 더 예민하게 반응하는지도 몰랐다.

"그대의 눈에도 과인이 무능하오?"

"그럴 리가 있사옵니까."

"아니요. 영상의 지혜로운 통찰력을 모르는 바가 아니거늘 어찌 빈 말을 한단 말이요. 과인은 대감의 솔직한 심정을 듣고 싶소."

유성룡은 정신을 가다듬었다. 석 잔의 술이 피로 변할 수도 있다는 사실을 그는 알고 있었다.

"어찌 잊을 수 있사옵니까? 전대의 명종대왕께서 전하에게 보위를 물려주신 까닭은 당시 왕실의 그 어느 대군들보다도 총명하시고 성덕이 충만하시기에 보위를 물려주신 것이 아니 옵니까."

"그랬지! 그 때는 그랬지."

"황공하옵니다. 전하, 비록 난세이기는 하지만 나라와 백성을 위한 임금으로서의 덕목德目을 무리 없이 수행 하시었나이다. 다만……"

"다만…? 무엇인가?"

선조의 목마른 다급함이 튀어나왔다. 유성룡은 더욱 신중해졌다. 자칫 여기서 왕의 심기를 건드렸다가는 어떤 환란이 발생할지 모를 일이었다. 왕의 싸늘한 시선이 유성룡의 대답을 다구치고 있었다.

"조선은 평화로운 나라이옵니다. 어진 백성에 성군의 나라입니다. 단지 불량한 이웃을 두고 있기에 오늘의 시련을 당하고 있는 것이옵니다."

"불량한 이웃이라?"

"바다건너 왜적들은 오래 전부터 조선의 문화와 토양을 탐해왔으며 수시로 우리 바다를 침범했습니다. 대륙으로는 오랑캐들이 끊임없이 도발을 일삼고 있는 것이 부담일 뿐이옵니다."

"하하핫, 와하하하––"

선조가 통쾌하게 웃었다. 웃으면서 그는 눈물을 뚝뚝 떨어뜨렸다. 조선의 왕이 웃으면서 울고 있었다.

"과인의 잘못이 아니란 말이로군. 이웃을 잘못 만난거야."

"그러하옵니다."

선조는 눈물을 삼켰다. 용안龍顔의 붉은 기운은 술 탓만이 아닌 듯이 보였다.

"그런 이웃을 진작 알고 있었으니 미리 대비하지 못한 과인의 탓은 정녕 없는 것인가?"

유성룡은 흠칫 했다. 왕은 결코 어리석지 않았고, 무기력하지도 않았다. 왕은 여전히 왕이었다.

"말해보게. 영상… 백성들이 과인에게 보내는 원성과, 과인에게 향하고 있는 질책과, 과인에게 원하고 있는 그것이 무엇인가? 그게 설마 왕권을 포기하라는 것은 아니겠지? 그게 설마 이순신에게 나라를 바치라는 요구는 아니겠지?"

유성룡은 머리카락 한 올 한 올이 곤두서는 듯이 충격을 받았다. 왕은 초초하였고 극도의 두려움에 휩싸여 있음이 분명했다.

중증이라고 치부할 수밖에 없는 무의식의 감정이 동요하고 있는 것이다.

"망극한 일이옵니다. 전하!"

"과인인들 어찌 통제사의 역량을 모르겠는가?"

남해의 수호신 이순신이 임진년에 왜의 수군을 상대로 연전연승을 기록하여 패망 직전의 조선을 위기에서 구해낸 명장임은 삼척동자도 다 알고 있는 사실이었다.

"통제사 이순신이 조정의 명을 받들지 않게 됨은 무엇을 뜻하는 건가? 그가 어명을 거역하고 출진하지 않았음은…… 결국 백성들의 신뢰에 기인한 것이 아니겠는가? 수하 정예수군의 힘을 과시하는 것이 아니겠는가?"

왕은 살아 있었다.

"그를 용서할 수가 없도다!"

서릿발 같은 냉기가 유성룡의 등골을 타고 흘렀다. 왕은 결의를 다지고 있지 않은가. 이제 잔혹한 선택의 중압감이 해일처럼 밀려들었다.

"고정하옵소서. 이순신의 성정性情으로 미루어 결코 그런 만용蠻勇을 부리지는 않았을 것이옵니다."

"역심逆心이 아니고 만용이라 했는가? 그리 치부하기에는 통제사의 행동이 몹시 거슬리도다."

"통제사는 오로지 나라를 위해 바다를 지키려는 마음으로, 적의 계략에 응하지 않았을 것으로 사료 되옵니다."

"요시라의 정보가 거짓이라고 판단하는 것인가?"

유성룡은 신중히 고개를 끄덕였다.

"전쟁에서는 확인되지 않은 정보를 이용하여 군사를 배치하는 것보다도 더 위험한 전술이 없다고 하였습니다. 함부로 행동하지 않은 것은 삼도수군을 통제하는 이순신으로서는 당연한 임무 수행이옵니다. 죄가 그에게 있는 것은 아니란 말씀이옵니다."

선조의 눈매가 가늘어졌다.

"그럼, 그 죄가 과인에게 있는가?"

"전하, 그런 말씀을 올린 것은 아니옵니다."

"영상도 모르는군. 애초부터 그런 정보는 없었네. 요시라는 일개 첩자일 뿐이며 가토의 항로 일정 등은 조작 되었지."

유성룡은 순식간에 혼란에 빠졌다. 왕은 연달아서 충격적인 이야기를 여과 없이 드러내고 있는 것이다. 가토의 함대 이동이 조작된 정보라면, 그건 누가 어떤 이유에서 발설한 것인가?

"과인의 술수였네. 이순신을 향한 올가미!"

"상… 상감… 마마……!"

핏기가 일시에 가셨다. 온 전신이 떨려왔고 목소리는 더욱 더 덜덜 거렸다. 선택도 타협도 사라졌다. 왕은 승부를 걸고 있었다. 시뻘겋게 충혈 된 눈이 사정없이 유성룡의 온 전신으로 달려들었다.

"영상은 누구를 선택할 것인가?"

그 목소리가 아득히 먼 곳으로부터 지상으로 곤두박질쳐 왔다. 벼락처럼!

3장

×

이순신의 염원
念願

어둡다.

죄인의 몸으로 하늘을 보니 맑지만 시커멓다.

혹여 내 마음의 조그만 티끌이라도 역심을 품었던가?

꿈에도 생각지 않았다.

그런 일은 내게 존재할 수 없다.

조선의 장수로서, 조선수군의 무장으로 나라와 백성을

위해 헌신獻身하였다.

다만 한 가지 지금도 후회되는 건,

내 함대를 동원하여 왜국으로 쳐들어가지 못한 것이다.

- 이순신의 심중일기 1597년 정유년 2월 28일 기축 -

"그래서 내 함대의 최종 목표는 왜국의 본토입니다"

이순신의 목소리가 마치 천둥처럼 유성룡에게 들렸다. 사실 한산도 통제영統制營 방문은 이례적이었다. 본래는 충청도 관찰사 권율에게 임금의 의중을 전하기 위해 한양을 떠나왔었다. 전란중의 도망병들을 즉결에 처한 후 권율은 잠시 관직에서 해임되었다가 복직된 직후였다. 유성룡은 그런 관찰사 권율을 위로하고 바로 한양으로 돌아가려던 발걸음을 돌려 한산도로 이순신을 찾아 온 것이다. 그리고 충격적인 왜국 본토의 기습 공격을 보고받자 당황할 수밖에 없었다. 이순신이 왜국 본토의 도발을 획책하고 있었다니……!

"장군이 수립한 기습 병법兵法은 탁월하기 그지없소. 실로 감탄할 만하오이다. 상대의 허虛를 찌르는 전략이오. 그러나 명국의 심유경이 황제의 사신으로 왜와 강화 협상을 추진하고 있음을 감안해야 하지 않겠소?"

이순신이 탄식한다.

"명나라가 원하고 있는 것은 대감도 파악하고 있음이 아닙니까. 그들의 관심은 그저 자국의 이익이오이다. 임진년의 전쟁으로 조선 군사와 백성들이 숱하게 사망하였습니다. 땅 위에서도, 바다에서도 시체더미는 산처럼 쌓였고, 부모형제를 잃은 가족들의 피눈물은 금수강산을 한恨으로 뒤덮었습니다. 비참한 주검의 나날입니다. 조선도 본때를 보여줘야 합니다."

"그래, 참으로 끔찍한 참상이었네."

임금을 모시고 평양과 의주를 거쳐 몽진蒙塵에서 돌아오니 한양은 지옥이었다. 궁궐은 불타버렸고 살아남은 생명들은 좀처럼 보이지 않았다. 후퇴하던 왜적들이 대량 학살을 자행하여 도성 안은 시체들로 즐비하였고 여기저기서 송장 썩는 악취가 진동하였다. 핏물이 내를 이루고 있었고 방치된 시신들은 구더기가 들끓었다. 그 분노를 어찌 잊을 수 있던가.

"절대 왜를 용서하라는 말이 아닐세. 때를 기다려보자는 것이지."

나직한 목소리로 설득 하고자 입을 열었으나 이순신은 고개를 저었다.

"명나라에게 언제까지 조선의 국운을 맡길 수는 없지 않소이까? 적어도 우리 스스로가 우리 자신을 보호할 수 있다는 것은 입증할 수 있을 겁니다."

"조정의 친명세력은 어찌하오? 임금의 명나라에 대한 의존은 사실상 도가 지나칠 지경이요. 임진 원년에는 급기야 명나라 망명을 도모하시지 않았소? 물론 신하들의 적극적 만류로 그런 불상사는 모면하게 되었지만."

"그 때문에 조정에 보고를 올리지 않고 결행 하고자 하는 것입니다."

이순신은 간소하게 차려내 온 소반小盤의 빈 술잔을 채워 유성룡에게 건네면서 지나가는 말투처럼 내뱉었다. 하지만 유성룡은 그 말과 술잔에 담겨진 무서움을 전신으로 느끼고 있었다. 그가 어떠한 사람이던가? 만사에 빈틈없는 철두철미한 분석가요, 치밀하기 짝이 없는 행동가였다. 그런 이순신이기에 전시에 대한 방비가 완벽하게 이루어 졌고 그로 인하여 조선 수군은 임진년에 패배를 모르는 승전의 군대가 되었다.

"하지만 전략을 수정해 주시오."

이순신은 대답 없이 술잔을 비웠다. 유성룡은 차마 술을 마시지 못하고 위중한 시선을 던졌다. 일단 결심하면 그 누구도 말릴수 없는 이순신의 성품을 정확히 알고 있는 그로서는 조심스러울 수밖에 없었다.

"항왜 한 명을 이미 왜국으로 잠입 시켰소이다."

"누구요? 어떤 임무요?

"사야가 김충선 이란 이름을 갖고 있는 양자養子외다. 교토의 뱃길을 정탐하고, 가능하면 도쿠가와 이에야스에 대한 탐문도 하게 될 것입니다."

"이번 전쟁을 지휘하는 관백 히데요시의 정적政敵을 말함이요?"

"그렇습니다."

유성룡은 매우 심각한 표정을 지었다.

"김충선은 항왜자로… 왜인 아니요? 그는 얼마나 신임할 수 있는 사람이요?"

"내 아들과 같이 신뢰합니다. 조선인 어머니를 두고 있는 우리 백성입니다."

"그 명성은 이미 알고 있소. 조선을 위해 화승총의 제조법을 고스란히 전파하고, 장군과 의병들을 도와서 전장에 참여하여 많은 공로를 세웠지요? 자헌대부資憲大夫에 가자加資되었고."

이순신은 고개를 끄덕였다.

"김충선의 용병 보고서를 참고하여 이번 전략을 수립하였소이다. 그는 왜인 무장 출신으로 철포鐵砲 즉 화승총을 귀신처럼 다루는 것은 물론이고 본래 간자間者 훈련을 조직적으로 받은 일본의 최고급 인재人材외다."

놀라운 사실이었다. 항복한 왜인 중에서도 매우 출중한 장수가 있다는 것은 소문으로만 듣고 있었다. 김충선에 대한 유성룡의 평가는 그저 그 정도였다. 하지만 이순신이 찬사를 늘어놓자 그 젊은 항왜자에 대한 궁금증이 치솟았다.

"조직적인 간자 훈련을 받았다는 것은……?"

"그는 침투浸透, 공작工作, 요인암살要人暗殺, 정보情報, 교란攪亂 등 다양한 훈련을 받았습니다. 이미 전쟁 전에 명나라와 우리 조선 등 각지를 돌면서 간자로서의 임무도 수행한 것으로 확인 되었지요."

유성룡은 호기심이 부쩍 생겼다. 실로 이러한 경력의 인물은 쉽사리 만나기 어려웠다.

"그를 한 번 만나보고 싶구려."

"기꺼이 그리 하도록 하겠습니다. 왜국서 돌아오면 대감을 뵙도록 조치하지요."

"나이가 어찌 된다고요?"

"둘째 아들 울과 동갑입니다. 스물 넷… 신미생辛未生입니다"

"앞으로 큰일을 해 낼 수 있는 동량棟梁이 장군의 휘하에는 즐비하니 참으로 감축感祝드리오."

유성룡은 다소 흡족한 미소를 머금으며 술잔을 이순신에게 권했다. 그러고 보니 김충선을 얻게 된 것은 실로 행운이었다. 사야가는 둘째 울과의 친분으로 인해서 인사차 이순신의 전라좌수영을 방문 했었다. 당시는 전란의 첫 해인 임진 원년이었고 매일 전쟁 준비로 혼란스러웠다. 그때 김충선은 의병장 곽재우와 활동하면서 조총의 제조와 사격술 등을 의병에게 전파하고 있었다. 평소에 왜인에게는 적지 않은 경계심을 지니고 있었던 터라 마음을 열어 받아주지는 못했다. 그때 그가 말했다.

"장군의 군영을 보니 매우 안심이 됩니다. 장군의 조선 수군은 훈련과 방비가 철저하여 왜의 수군을 압도할 것입니다."

누구도 이순신에게 이런 말을 해 준 사람은 없었다. 김충선은 이어서 제안했다.

"왜의 조총을 조선식으로 개발하여 수군에게 보급하게 되면, 판옥선의 총통銃筒과 더불어 무적함대가 될 수 있을 것입니다."

이순신은 횡재를 만난 느낌이었다.

"그게 가능하겠는가?"

사야가 김충선은 하얗게 건강한 치아를 드러내며 반듯하게 웃었다.

"소생이 장군님께 어찌 거짓을 아뢰겠습니까?"

그리고 김충선은 성의를 다하여 수군의 조총을 제조하고 사격술을 전수해 줬다. 이순신은 조선을 위하여 최선을 다하는 김충선에게 매료되지 않을 수 없었다. 둘째 울과 동갑의 나이임에도 불구하고 생각이 깊었다.

"앞으로 넌 울과 함께 나의 아들이다!"

그리고 더 이상의 말은 필요 없었다. 이순신은 날이 갈수록 대단한 청년과 마주하고 있음을 깨달았다. 그가 지니고 있는 재능과 심지心地의 끝을 도무지 알아낼 수가 없었다. 이것은 김충선도 마찬가지였다. 이순신이란 조선 수군의 장수는 경외의 대상이었다. 그의 행동과 사색 하나하나는 구국을 위한 행위였다. 그들은 이제 서로를 인정하지 않을 수 없는 경지에 이르렀다. 이순신은 사야가 김충선을 통하여 알게 된 정보를 유성룡에게 털어놓았다.

"관백 히데요시는 이번 전쟁을 통하여 두 가지 목표를 추구하고 있습니다. 대외적으로는 명明을 정복하겠다는 것이고, 대내적으로는 왜의 전국 통일 과정에서 생긴 주체할 수 없는 병력을 소모하고 있는 것입니다. 전쟁은 쉽게 중단되지 않습니다. 이 과정에서 조선은 희생만 강요당하고 있습니다. 대감, 임진년에 저들이 약탈해간 조선의 도공陶工과 부녀자, 문화재가 얼마나 되는지 아십니까?"

그 감당할 수 없는 손실을 어찌 모르겠는가. 기억이 떠오르자 유성룡은 사지가 벌벌 떨려왔다.

"참담하여 실로 입에 담기가 비통하구려."

이순신은 신념을 여지없이 드러냈다.

"왜란 나라는 스스로 인정하기 전에는 포기하지 않습니다. 이 전쟁을 끝내기 위해서라도 도요토미 히데요시와 왜나라 백성에게 조선의 강함을, 조선의 두려움을 안겨 주어야 합니다. 히데요시를 제거해야만 전쟁은 종식되어질 것입니다."

반박할 수 있는 말이 좀처럼 떠오르지 않았다. 유성룡에게는. 하지만 그는 겨우 말을 이어나갔다.

"만일 심유경의 협상이 결렬 된다면 그때는 용인하겠소."

이순신은 유성룡의 만류가 안타까웠다.

"아, 대감이 통제영을 그냥 지나치셨다면……"

이순신이 숨을 몰아쉬면서 말을 잇지 못했다. 아쉬움이 남아 있기 때문인가. 유성룡의 눈빛이 머물렀다.

"조선의 운명이 달라질지도 모른다는 말을 하고 싶은 거요? 결과를 예측하기는 매우 어려우나 장군이 무사 하기는 어렵지 않겠소? 협상은 그 날로 깨질 터이고."

이순신은 다소 비장한 어조였다.

"명국과 왜의 강화협상은 절대 이뤄질 수 없다고 생각하고 있습니다."

"물론 어렵다는 건 인정하오. 하지만 단정 지을 수는 없소."

이순신이 한 발 물러서고 있었다. 상대는 서애 유성룡이었고 그는 오늘의 이순신을 존재하게 한 장본인 이었다. 명나라를 철석같이 믿고 의지하는 조선의 임금과 신하들도 큰 부담이었다. 유성룡이 옥으로 만든 술잔을 들어 올렸다. 이순신의 눈매가 붉게 물들었다.

"적들은 명국과의 강화협상을 하고 있고, 조선의 내륙에 진을 치고 있지요. 이 기회에 우리 함대가 왜를 기습한다면 방심하고 있는 적들에 대해서 승산이 있다고 생각합니다. 그러나 협상이 결렬된 후라면 함대의 이동은 위험 부담이 존재하게 될 것입니다."

옳은 이야기였다. 기습전술은 방심하고 있는 적들에 대한 공격이었다. 선승구전先勝求戰의 전략은 이순신의 방식이었다.

유성룡은 술잔을 비우면서 자신의 견해를 밝혔다.

"우리 육군을 무장하여 침투시킬 만큼 군비가 되어 있지는 못하오. 장군의 함대로 할 수 있는 최상의 공격은 상대의 전략항구를 함포 사격으로 붕괴 시키고 마비시킬 수 있을 정도에 불과하지 않겠소."

수군의 기습으로 거둘 수 있는 최대의 성과를 설명하자 이순신은 술잔을 내려놓았다.

"왜국 본토를 공격 한다는 것은 쉽지 않은 전략입니다. 물론 수군에 비해 조선의 육군이 열세인 것은 사실입니다. 지난 100년간 내전으로 단련된 왜군들에 비해서 조선의 군사들은 평화로움 속에서 안정된 군영을 유지해 왔었기에 그 격차는 임진 원년의 전투에서 이미 확인되었습니다. 부산 침공 이후 부산성과 동래성을 함락 시키고, 충주성을 무너뜨리며 불과 20여 일 만에 한양을 점령 했었던 왜군들의 전쟁 수행 능력은 우수합니다. 그러나……"

이순신의 시선이 바다를 향했다. 그 틈을 유성룡이 헤집고 들었다.

"신립과 같은 명장이 탄금대에서 희생당하였지요. 왜의 군대를 조선의 육군과 비교하기에는 무리가 있소이다."

하지만 이순신이 반박하였다.

"그건 이미 3년 전의 전황입니다. 우리 군사들도 화총으로 무장 하였고 전쟁을 경험 했습니다. 조정에서도 훈련도감訓練都監을 설치하여 정병을 양성하고 지방에는 속오군束伍軍을 창설 하였습니다. 포수砲手·살수殺手·사수射手의 삼수병이 육성됨에 따라 얼마든지 적들과 상대할 수 있는 대등한 전투력을 확보하였습니다."

조선의 장점은 환경에 적응하는 능력이 어느 누구보다도 탁월하다는 점이다. 임진년 초기 전쟁은 왜의 파죽지세였다. 그러나 날이 갈수록 조선의 관병과 의병의 기세가 달라졌다.

"조선의 군대가 물론 그때와는 양상이 다르지요."

"의병만 하더라도 어떠합니까? 왜에서는 전혀 생각도 못한 의외의 백성 군대였습니다. 그들의 전쟁 참여는 왜군에게 예기치 못한 치명적 손상을 입혔습니다. 임진년의 의병은 참으로 훌륭

했습니다. 왜에게는 명나라의 참전은 예상할 수 있었으나 의병은 상상도 못한 제 3의 적이었습니다. 우리에게는 바로 이들 의병이 존재합니다. 또한 승병僧兵은 어떠합니까? 나라를 수호하고자 산사를 등지고 목탁 대신 병기를 들었습니다. 대감, 우린이미 수군과 의병, 승병들의 연합 작전을 성공적으로 수행한 웅포해전 등의 경험이 축적되어 있습니다. 의병과 수군만으로도가능합니다."

유성룡은 극도의 긴장감으로 호흡이 자유롭지가 않았다. 이순신의 왜국 기습 전략은 이미 준비되어 있지 않은가.

"장군은 정예 병력이 아닌 수군과 의병, 승병만으로 왜를 기습하고자 하는 것입니까? 그렇소?"

"금토패문禁討牌文으로 왜나라 진영에 가까이 하지마라는 명나라의 요구가 있으니 의당 명국을 천병天兵으로 받드는 조정의 일부 대신들은 적극적으로 반대할 것이 분명합니다. 그리고 이런기습 전술은 시기의 적절성과 정보가 보장 되어야만 성공 가능성이 존재하지요. 만일 외부에 노출되어진다면 그 효과를 기대하기가 어려운 법입니다. 삼도수군과 의병, 승병의 연합으로 전격적인 작전을 수행해야 한다고 믿습니다."

유성룡의 등 뒤에서 식은땀이 흘러내렸다. 이순신은 섬세한지휘관으로 용병술과 전술에 탁월함을 지니고 있지 않은가. 그의 눈초리는 적의 숨통을 단숨에 끊어 놓을 듯이 매서웠다. 그래도 만류해야 한다고 유성룡은 생각했다.

"통제사, 우리는 명국과 왜나라의 결정을 기다려야 합니다."

이순신은 망설이지 않았다.

"명국은 왜국과 적당한 타협을 원하고 있을 다름입니다. 그들의 목적은 자국의 영토 내에서 위험한 전쟁이 발생하지 않는 것일 뿐입니다. 우리 조선을 도와 군대를 파견한 내막에는 이런 위선이 숨겨져 있습니다. 조선을 명국과 왜의 전쟁터로 삼고자 하는 것이지요. 그들은 이런 명분으로 각기 조선을 유린하고 있습니다."

오늘의 이순신은 평상시의 이순신과 달랐다.

"그… 건 장군의 지적이 맞소."

유성룡도 인정하지 않을 수가 없었다.

"명국은 원병을 근거로 조선 조정을 기만하고, 왜는 명국 진출을 원한다는 구실로 조선을 농락하고 있습니다. 그야말로 조선은 양 국 사이에서 초토화가 되고 있으니 통분할 노릇입니다."

정곡을 찌르는 말에 유성룡은 신음을 삼키며 더듬거렸다.

"그러나 조정을 무시하고 장군의 의도대로 삼도수군이 출동한다면 필경 문책을 당하게 되지 않겠소이까?"

"그것은 두렵지 않습니다. 적들을 섬멸할 수만 있다면."

이순신은 눈을 지그시 감으며 회한悔恨에 잠겼다. 왜란이 발발한 임진년으로부터 그 다음 해 계사년의 치열했던 전쟁들이 주마등처럼 스쳐갔다. 이순신이 참여 했던 해상 전투로부터 시작하여 부산, 동래, 진주, 충주, 행주산성 등의 처절했던 죽음의 현장에서 무수히 많은 조선의 젊은이들이 피를 흘리며 죽어갔다.

그들은 우리의 이웃이었으며 혈육이었다. 산천에 메아리치던

부상 병사들의 신음은 참혹 하였고, 끝도 보이지 않는 시체더미
는 지옥地獄이었다. 뿐인가, 조선팔도의 피난 행렬은 피를 토하
는 분노였고, 가족을 잃고 울부짖는 부녀자들의 통곡은 절망絶望
의 폭우가 되어 하늘과 땅을 적셨다.

"난 그들을 절대 용서할 수 없습니다. 결행하고 싶습니다!"

결코 두려움이 존재하지 않는 의연하고 서슬 시퍼런 애국愛國
의 핏발이 곤두섰다. 유성룡은 이 순간에 다만 이순신의 절규絶
叫로 경련하는 손을 감싸 쥐고 주체할 수 없는 눈물을 쏟아낼 뿐
이었다.

"우리는 인고忍苦해야만 하오."

침묵의 바다가 저만치 멀리 너울대고 있었다. 이순신은 피가
나도록 울분의 입술을 짓씹었다.

* * *

김덕령은 아연한 표정을 지었다.

"김새는군. 서애 대감이 통제영을 방문하시는 바람에 그리 되
었나?"

울은 한 겨울임에도 상체를 드러내고 창술을 연마 중이던 그
의 단단한 복근을 장난스럽게 어루만졌다.

"우와, 죽이는군. 돌덩이야! 칼끝도 들어가지 못하겠어."

"이보시게, 도검이 침범하지 못하면 무얼 하나? 왜나라 천황
을 때려잡으러 호랑이굴에 진입하지 못한다면 다 소용 없네."

김덕령은 장창을 병기고兵器庫에 던져 버리고는 연무장 뒤편의 우물가로 향했다. 매서운 한파로 주렁주렁 얼어붙은 우물 지붕 주변의 고드름을 울이 떼어냈다.

"이게 창끝같이 날카롭네."

김덕령은 두레박으로 차가운 우물물을 끌어올려서 대야에 붓고 얼굴을 벅벅 씻어댔다. 사방으로 물이 튀고 희뿌연 김이 피어올랐다. 그 광경을 지켜보면서 울은 고드름으로 김덕령의 복근을 콕콕 찔러댔다. 김덕령은 여전히 씨근거리고 있었다.

"서애 대감이 발목을 잡게 될 줄은 꿈에도 몰랐어."

"아버님도 매우 안타까워 하셨지만 우리 너무 애석해 하지는 말지. 그냥 연기되었을 뿐이니까."

김덕령은 울의 손에서 고드름을 뺏어서 그대로 집어 던졌다. 쌩 하는 파공성과 더불어 그 고드름이 오 척 거리의 단풍나무에 명중되었다.

"아… 앗?"

울은 자신도 모르게 놀라운 비명을 토했다. 고드름이 나뭇가지에 꽂혀버린 것이다. 놀라운 일이었다. 얼음이 부서지지 않고 끝이 나무를 파고들어 박혀버렸다니.

"왜나라 천황의 목을 꿰뚫어 버려야 했거늘!"

김덕령의 기예를 목격한 울은 믿어지지가 않았다.

"과연 김덕령이군. 이런 무술을 지니고 있으니 익호장군翼虎將軍이라 부를만하지."

선조의 둘째아들 광해군光海君으로부터 군기와 장군의 칭호를 받은 김덕령은 홍의장군 곽재우와 더불어 조선의 의병대장으로 신망을 한 몸에 받고 있었다.

"기회란 놈은 그리 쉽게 찾아오지 않는 법일세."

김덕령은 탄식하듯 중얼거렸다. 아쉬움이 컸다. 통제사 이순신의 왜국 본토 기습 결의는 실로 충격적인 일이었다. 조선과 명나라, 왜나라의 정국을 완전히 뒤집어 버리는 사건이 될 수도 있었다.

"곽 장군님에게도 통보 하였는가?"

"형님이 가셨네."

"왜구의 땅에 붉은 옷깃을 휘날리며 누비는 그 어르신의 모습을 기대하였거늘 정녕 실망이 크군."

"얼마 남지 않았어. 명나라 사신 심유경은 협상을 실패할게 뻔해."

단언하는 울을 보면서 김덕령은 고개를 가로 저었다.

"그건 모르는 소리일세. 설혹 실패한다 하여도 우리에게 이런 절호의 호기가 오겠는가? 또 다시 육지와 해상에는 왜적들이 미친놈 발광하듯 지랄을 떨지 않겠나? 이런 조선의 바다와 육지를 남겨두고 어찌 왜국 본토의 기습을 감행할 수 있는가?"

울도 장난스런 표정을 거두고 진지한 눈빛을 건네며 부친 이순신의 견해를 차분히 풀어낸다.

"강화협상이 절단나게 되면 왜는 조선 침공을 다시 전개하겠지. 하지만 이번에는 우리가 기습 선공을 가하게 될 터이니 적들은 매우 혼란에 빠질 것이 분명해. 지금 왜국으로 잠입한 충선이 귀환하게 되면 이 부분을 집중적으로 검토하여 시기를 정할 것이니 형兄은 정예 병력을 훈련시키면서 마음을 여유롭게 가져달라는 것이 아버님의 부탁이야."

김덕령이 미처 대답을 하기도 전에 시선을 빼앗길 수밖에 없는 상황이 벌어졌다. 저만치서 단아한 차림의 처녀가 가뿐한 걸음걸이로 다가오고 있었다. 예지睿智였다. 울은 그녀를 두 번째 만나보는 것으로 김덕령의 정혼녀定婚女다.

"이런 낭패가……"

김덕령은 서둘러 의복을 찾아서 허둥지둥 걸쳤다. 그런 친구를 슬쩍 몸으로 가려주면서 울이 나선다.

"이야, 오늘은 행운이 따르는 날인 모양이외다. 예지 아씨를 이런 곳에서 뵙게 될 줄은 정말 몰랐습니다."

울이 반가운 인사를 건네자 예지도 미소로 답했다.

"두 분이 함께 계셨군요. 어서 오시어요."

"연무장까지 어인 일이요?"

김덕령은 옷매무새를 가다듬으며 예지를 바라보았다. 그녀는 손에 들고 있던 작은 보따리를 슬쩍 내밀었다.

"저기… 도련님이 무예에 열중 하시어 땀으로 늘 내의가 적셔지는지라 옷을 좀 지어왔습니다."

그 보따리를 김덕령을 대신하여 울이 성큼 받았다.

"이렇게 감사할 때가 어디 있소. 소제 역시 무술 훈련만 임하게 되면 땀이 비 오듯이 쏟아져서 내의를 흠뻑 적시고 만답니다."

"그러시군요. 죄송하옵니다만 이건 우리 익호장군님의 체형에 맞추신 거라서⋯⋯"

예지는 빙긋 웃으면서 그 옷 보따리를 다시 낚아채 갔다. 울의 손이 재차 빠르게 움직였다.

"체형이 다르다하나 소제는 형의 옷을 입을 수 있습니다. 그러니⋯⋯"

하지만 예지의 손에 다시 들어간 보따리를 움켜잡는 게 쉽지 않았다. 그녀는 울의 움직임을 간파하며 재빨리 이리저리 옷 보따리를 빼돌렸다. 양반집 규수라고 볼 수 없는 신속한 동작이었다.

"예지 아씨가 날 희롱 하려는 겁니까?"

울은 더욱 민첩하게 몸을 날렸으나 예지는 그 보다 한 수 위였다.

"감히 울 도령을 어찌 희롱할 수 있겠습니까? 소녀는 단지 보따리의 주인을 찾을 따름입니다."

그녀는 나비처럼 울의 주변을 훨훨 날아 다녔다. 울은 동접冬蝶을 채집하기 위해 헛손질을 하며 따라 다니는 어린아이 같았다. 역부족이었다. '이건 말도 안 되는 일이야?' 라고 울은 놀라움을 금치 못하고 있었다. 비록 무과武科를 통해 실력을 입증 받지는 않았으나 울의 무술은 예사롭지 않은 수준이었다. 그가 병과에 응시하지 않은 이유는 기실 부친 이순신 장군이 통제사의 요직에 머물고 있었기 때문이었다. 하지만 울은 장형 회와 더불어 무관을 꿈꾸며 다년간 무술을 수련했었다. 이런 울을 상대로 추호의 동요도 보이지 않고 요리조리 움직이는 현란한 발걸음은 실로 충격이라고 할 수 있을 정도였다. 울의 눈동자와 입이 점차 크게 확대되었다. 호흡이 가빠지고 놀람이 갈수록 커졌다. '내가 꿈을 꾸고 있는 건 아니겠지!' 울은 믿을 수 없는 현실에 당혹감과 더불어 크게 수치심마저 들었다. 1595년 을미년 12월의 어느 날 일이었다.

그리고 1596년 병신년丙申年 7월 김덕령은 이몽학李夢鶴의 난에 연루되어 구금을 당하게 된다. 반란을 일으킨 이몽학이 의병장 곽재우와 의병 총사령관 김덕령이 연합하고 병조판서 이덕형 등이 동참한다는 유언비어를 퍼뜨린 것이 비극의 서막이었다. 조정에서는 반란을 진압하고 자백을 받는 과정에서 김덕령이 이몽학과 내통이 있었으니 체포해야 한다는 장계狀啓가 선조에게 올려졌다.

이몽학 휘하의 모속관募粟官 한현韓絢을 심문하여 얻은 자백에 의하면 김덕령과 최담령, 홍계남이 반란에 가담하기로 했고 곽재우와 고언백도 심복이었다고 하니 즉각 이들을 추포하소서. 특히 김덕령은 의병의 총사령관으로 군사를 이끌고 참여하고자 이동 중이었으니 반역의 수괴로 의심의 여지가 없사옵니다.

병신년 7월 18일 종사관 신경행

의금부로 압송된 김덕령은 한 차례 악몽을 꾸는 것만 같았다. 선조가 친국親鞫에 나선다는 사실 하나만으로도 충격이었다.

"내 너를 가상하게 여기거늘 어째서 반역을 도모하였는가?"

김덕령의 몰골은 이미 엉망이었다. 그러나 피폐한 가운데에서도 정신은 송곳의 끝처럼 날카롭게 살아 있었다.

"상감마마, 저들 역적들이 신을 시기하고 모함하는 이유는 오직 신으로 하여금 저들의 반란을 진압할 수 없도록 날조捏造한 것이옵니다. 맹세코 신은 상감마마와 세자 저하의 충성스러운 신하일 따름이옵니다."

선조의 미간이 일그러졌다. 그의 입에서 세자 광해군이 오르내리는 것은 매우 거슬리는 일이었다. 세자 광해군과 김덕령의 관계는 분조分朝의 무군사撫軍司 시절부터 이어진다.

광해군과 김덕령.

이들의 만남은 운명運命이었고 이 운명은 참으로 잔인했다. 그 해 임진년, 임금 선조는 백성들의 비난을 한 몸에 받으면서 도주하였고, 갑작스럽게 세자의 지위에 오른 광해군은 분조하여 지방으로 내려가 무군사 활동을 통해서 백성들의 신망을 얻게 된 것이다. 그것은 임금 선조에게는 치명적인 약점 중의 하나였으며 치부를 드러내는 것처럼 부끄러운 기억이었다. 익호장군 김덕령은 분명 세자 광해의 사람이었다.

"아바마마, 김덕령은 역적 모의를 하지 않았사옵니다. 그는 절대 반란에 가담하지 않았을 것이옵니다. 역적들의 모함을 귀 담아 들으시면 아니 되옵니다. 김덕령을 살려주소서."

세자 광해는 울면서 애원했다. 그러나 임금 선조는 한현의 자백으로 붙잡아 드렸던 곽재우와 홍계남, 고언백 등 의병장들을 차례로 석방하였으나 김덕령은 추국을 이어갔다. 그리고 끝내 광해가 지어준 별호 익호장군 김덕령은 거듭되는 형문刑問에 무너지고 말았다. 그의 나이 향년 30세였다. 익호장군 김덕령, 그의 의로운 죽음에 하늘도 울고 땅도 울었다.

4장

×

아아! 한산
閑山

한산섬 달 밝은 밤에 수루戍樓에 혼자 앉아

큰 칼을 옆에 차고 깊은 시름 하는 차에

어디서 일성호가一聲胡笳는 남의 애를 끊나니.

- 이순신의 심중일기 1597년 정유년 2월 29일 경인 -

1592년 임진년, 한산도의 밤이 깊었다.

바다 물새의 울음조차 지극히 고요하다. 간헐적으로 바위에 포말을 일으키며 파도가 적막을 지배하고 있었다. 밤은 깊어 삼경인데 이순신의 막사에서는 호롱불빛이 새어나왔다. 모두가 잠든 시각이지만 홀로 이순신은 새파랗게 깨어 있었다. 그의 불면不眠은 어제 오늘 일이 아니었다. 적선이 남해 바다를 침범하기 전부터 마치 고질병처럼 이순신에게 기생寄生했었다. 그는 바다의 울렁거림 속에서 포효咆哮하는 수호신이 되고자 몸부림쳤다. 문득 그림자 하나가 어른거렸다.

"누구냐?"

"소생입니다."

항왜장수 사야가였다. 그는 평상복 차림에 눈이 부리부리하고 몸이 날렵해 보이는 청년을 대동하고 들어왔다. 사야가는 19세가량의 청년을 소개했다.

"소생의 정보원입니다. 이름은 김천손입니다."

이순신은 사야가의 심야 방문에는 필경 긴급한 사안이 있음을 감지했다.

"그래, 무슨 일이냐?"

김천손은 매우 중대한 정보를 안고 왔다.

"견내량見乃梁으로 왜군의 함선들이 모여들고 있는 것을 확인했습니다."

이순신은 심호흡을 하였다. 당포에서 견내량과의 거리는 그리 멀지 않았다. 왜는 지난 수 개월간 제해권을 이순신의 함대에 의해서 장악 당하고 있는 실정이었다. 조선 선조 25년(1592년) 5월에 2차 출동한 전라좌수사 이순신의 함대는 사천, 당포, 당항포, 율포 등에서 일방적인 승리를 거두었다. 그 승리의 원인은 조선 수군의 판옥선과 화포의 우월성, 그리고 이순신의 치밀한 지략으로 인한 것이었다.

이순신은 깊은 눈빛으로 청년 김천손을 응시했다. 마치 그의 속내를 섬세하게 파헤치고자 하는 강렬한 시선이었다.

"몇 척이나 되던가?"

김천손은 정보원답게 급히 표식表式한 헝겊조각을 펼쳤다. 크고 작은 배가 그려져 있었으며 그 옆으로 숫자가 기재되어 있었다.

"대선이 36척이고 중선은 24척, 그리고 작은 배가 13척 이옵니다."

때마침 이틀 전에 이순신은 여수 앞바다에 수군을 집결시켜

해상 훈련을 실시했다. 전라우수사 이억기의 함대와 연합한 작전이었다. 그리고 어제는 노량에서 경상우수사 원균의 함선 7척이 합류하여 이순신의 함대는 55척이었다. 적선은 73척이었지만 이것은 중요하지 않았다. 이순신은 즉각 장수들을 소집했다.

다부진 체격에 눈매가 강렬한 원균 장군과 선비의 풍모이지만 굳건한 의지가 엿보이는 이억기 장군이 막사에 자리했다. 그들 외에도 정운, 송희립, 나대용 등이 참석했다. 깊은 잠에 빠져 있다가 급보를 받고 모여든 것이다. 이순신은 무거워진 눈꺼풀로 군의 기강을 바로 세우기 위해 목소리에 힘을 실었다.

"육지의 조선이 붕괴되었다는 사실은 모두 알고 계시겠지요."

그것은 실로 충격이었다. 왜군은 임진년 부산 침공 이후 부산성과 동래성을 차례로 함락 시키고, 명장 신립의 충주성을 무너뜨리며 불과 20여 일 만에 수도 한양을 점령 했다. 그들은 파죽지세破竹之勢로 밀고 올라가 왜 제1군 고니시 유키나가의 군대는 평안도로, 2군 가토 기요마사의 군대는 함경도로, 각각 한반도 북부까지 진격하였다. 6월경에는 평양이 함락되었고 조선왕 선조는 다급하게 의주로 피신하기에 이르렀다. 조선의 육군은 무력無力했다. 이순신은 탄식을 토해냈다.

"이제 믿을 수 있는 군대는 우리 수군뿐이요!"

그들은 미처 경험해 보지 않았던 왜군의 조총으로 인해서 혼비백산魂飛魄散 도주하기에 바빴다. 사기는 저하됐고 탈영병은 갈수록 늘어났다. 수군에서도 이탈자가 발생했다. 이순신은 군율을 엄중하게 다루어야 한다는 원칙으로 탈영한 수병水兵을 잡아드려 얼마 전 효수梟首 시켰다.

"남해 바다를 끝까지 수호해야 하외다. 그것이 조선 수군으로 해야 할 숙명입니다. 첩보가 들어왔소이다. 적의 함대가 지금 견내량에 밀집되어 있다고 하외다. 어찌하면 좋겠소?"

원균은 용맹하고 투쟁심이 강한 장수였다.

"기습을 합시다."

그는 본래 이순신처럼 육지에서 활략했던 장군으로 바다의 물길에 대해서는 아직 어두웠다. 이억기 전라우수사가 반론을 제기했다.

"견내량은 수로가 협소하고 암초가 지천이외다. 판옥선으로 돌격을 감행 할 겨우 아군끼리 충돌 할 위험성이 농후하여 전투에 용이하지 않습니다."

원균은 자신의 의견을 굽히지 않았다.

"우리 격군의 물질이라면 충분히 감당할 수 있소이다. 오히려 손해를 보는 것은 지형에 어두운 왜군들이요. 협소한 만큼 당황하여 꽁무니를 빼기에 급급할 수도 있소이다. 그리되면 단번에 기선을 제압할 수 있을 것이요. 전쟁에서 기선을 잡는다는 것은 곧 승리임을 아시지 않습니까?"

원균의 기습 전략에도 당위성이 존재했다. 이순신은 장수들의 뒷전에 당찬 기백으로 장승처럼 서 있는 항왜降倭 사야가를 지목했다.

"그대의 생각은 어떠하냐?"

원균을 비롯한 장수들의 시선이 일제히 사야가에게 집중되었다. 그들은 낯선 이방인과 같은 청년에게 의혹을 느꼈다. 사실 미처 사야를 소개받지 못한 장수들은 진작부터 청년의 정체를 궁금해 하던 참이었다.

"소생이 어찌 감히 주요 전략에 발언할 수 있겠습니까."

사야는 깊숙이 허리를 굽히면서 물러났다. 원균의 눈에는 청년의 겸허한 자세가 시선을 끌었다. '주요 전략'을 입에 담았다는 것은 군기를 안다는 의미이기도 했다. 원균은 그가 궁금해졌다. 문득 군관 나대용이 의견을 내었다.

"한산도 앞바다가 전투에는 유리할 듯합니다."

나군관은 남해 바다의 물길에 능통할 뿐 아니라 판옥선과 거북선 등의 제조에 관여하고 있는 장수였다. 동료 장수 정운도 동의하였다.

"여수 앞바다에서 훈련했던 전술이라면 적선을 능히 유린할 수 있을 것으로 사료됩니다."

이순신 막하의 참모들이 저마다 고개를 끄덕였다. 여수 앞바다에서 벌렸던 해상 합동 훈련은 매우 성공적이었다. 전라좌수영과 우수영의 함선들이 대열을 이루며 대장선의 지휘에 따라 함대가 전진과 후퇴를 거듭하면서 함포 사격을 준비했다. 물론 지·현자총통地玄字銃筒 등 각종 총통은 실제로 발사되지는 않았다. 화약을 절약하기 위해서였다. 비로소 항왜장수 사야도 조심스럽게 한 마디 거들었다.

"견내량의 적들을 한산도로 유인해 내는 것이 어떻겠습니까."

조선군의 판옥선과 화포라면 한산도가 훨씬 유리한 해역이라는 것은 그들 누구도 알고 있었다. 문제는 미끼였다.

갑자기 원균 장군이 탁자를 내리쳤다.

"좋다, 좋아…… 돌격은 우리 함대가 하겠소이다. 여수 훈련에 미처 동참하지 못했으니 우린 견내량으로 진격하여 적선들을 끌어내도록 하지요."

이순신은 무장으로의 원균은 믿음직스럽게 생각했지만 전술을 이해하는 역량에 대해서는 안심하지 못했다. 이순신은 원균에게 두 번 세 번 다짐을 받았다.

"원수사, 장군의 임무는 도발을 통하여 적선들을 한산도 앞바다로 유인하는 일입니다. 무모한 공격이 되어서는 안 될 것입니다."

"알겠소이다."

"적당한 거리를 유지하는 것이 중요합니다. 자칫 접근하여 낭패를 당하게 되면 우리의 계획은 수포로 돌아갈 수밖에 없습니다."

원균 장군은 전라좌수사 이순신의 계속된 당부에 짜증이 일어났다.

"이보시오, 이 사람도 경상우수사의 신분이오. 그 정도는 알고 있소이다."

이순신은 원균의 불량한 태도에도 불구하고 거듭 요청했다.

"한 치의 실수도 용납할 수 없기 때문이외다. 전술의 핵심을 유의 하셔야 합니다. 장군의 무용과 지략을 모르는 바가 아닙니다. 그래서 더 우려가 되는 것입니다. 원 장군은 능히 적선을 섬멸하기 위해서 일신의 안위도 돌보지 않고 돌격을 감행하시는 분입니다. 그래서……"

이순신은 은연중에 원균의 용맹을 칭찬하자 그는 두 손을 마주잡고 이순신에게 흔들어 보여줬다.

"알았소. 그만하시오. 장군의 의도를 충분히 명심해서 이행하리다. 그들을 한산도로 끌고 나오겠소이다."

이순신은 탁자위에 지형도를 활짝 펼쳤다.

한산도 주변의 상세한 지도가 중인들의 이목을 집중시켰다.

"우리는 한산도, 견내량에서 원균 장군이 유인해 오는 적선들을 마주하게 될 것입니다. 그리되면 우리 수군의 공격 진영은 이렇게 구축되어야 합니다."

이순신이 구상한 해전의 설계도가 펼쳐지자 장수들의 눈에서 섬광이 번쩍였다. 장수들은 일시에 잠이 달아나고 있음을 깨달았다.

"학익진鶴翼陣!"

* * *

견내량은 거제도와 통영만 사이의 약 4km 정도 이어진 긴 수로로 폭도 그리 넓지 않고 암초가 지천이라 판옥선으로 적과 전투를 벌이기에는 마땅치 않은 해협이었다. 원균의 함선은 달빛을 타고 적진으로 물안개처럼 스며들었다. 멀리 정박해 있는 적선들이 희미한 불빛으로 파도에 출렁이고 있었다. 원균은 당장이라도 쇄도해 들어가고픈 충동에 휩싸였다. 원균의 돌격 본능을 제지한 청년은 항왜 장수 사야가였다.

"적장은 와키자카 야스하루입니다. 그는 용맹하고 명석한 인물이며 훌륭한 가문의 장수로 지난 용인전투에서 대승을 거두었습니다."

"용인전투라면?"

원균도 이미 보고받은 바가 있었다. 그 역시 수군의 장수이전에는 육군의 맹장으로 활동한바가 있었기 때문에 관심이 아예 없을 수가 없었다. 더구나 작금은 전시 상태가 아니던가.

"그렇습니다. 조선군이 참패하고 도주하였지요."

소문에 의하면 와키자카 야스하루의 병력 약 1600여 명이 무려 5만 여명이 넘는 조선군을 기습하여 압승을 거둔 것이 용인전투였다. 원균은 이를 소리가 나도록 부드득 갈았다.

"아무리 기습을 당했다고 하지만 그건 너무 어이가 없는 전투 아닌가. 귀신에 홀리지 않고서야 어찌 1만도 아니고 근 30배에 해당하는 5만 병력이 무력하게 붕괴되었다니 도무지 실감이 나지 않아."

사야가는 원균의 이해를 도왔다.

"와키자카 야스하루는 표적에 대해서 매우 집요한 장수입니다, 그는 조선군이 각 지방별로 연합하였다는 첩보를 입수했을 가능성이 농후합니다. 의당 각 군의 군율이나 장수들의 합류에 따른 불협화음, 전략의 일관성이 확립되기 전에 습격을 감행한 것입니다."

원균은 약관을 넘은 청년 장수 사야가를 새삼스럽게 눈 여겨 보았다. 미처 보지 못했던 기도가 엿보였다. 어째서 전라좌수사 이순신이 항왜를 측근에 두고 있는지 이해가 되었다. 원균의 성정은 거침이 없었다.

"이수사가 그대를 내 함선에 동반시킨 연유를 알겠군. 와키자카 야스하루에 대해서 어느 정도 아는가?"

사야가는 혈기가 왕성한 이십 대의 청년이었다. 그리고 그는 항왜 이전에 사무라이였다.

"조선의 어느 누구 보다도 제가 더 잘 알고 있다고 자부합니다. 그는 용인전투의 승리로 잔뜩 고무되었고, 그래서 부산포에 집결된 수군에서 독단적으로 벗어나서 자신의 함대만 이끌고 단독으로 출격을 개시했습니다. 그는 조선군이 오합지졸이라고 자만하고 있을 것이 분명합니다. 때문에 우리에게 기회가 있는 것입니다."

와키자카 야스하루의 함대는 전선이 73척으로 대선大船 아다케부네安宅船 36척, 중선中船 세키부네関船 24척, 소선小船 고바야부네小早船가 13척, 도합 73척이었다. 함선의 개수와 비례하여 병력의 숫자도 예상되어 보고되었다.

"대선에는 격군이 80여명 내외이며 전투 병력은 약 100명 내외입니다. 중선은 격군이 40명이며 전투병은 50명 정도입니다. 그리고 소선은 격군은 20명에 전투 수군은 10명 내외로 구성되어 있습니다."

원균은 만족스러웠다.

"사야라고 했지? 좋구나. 그럼 이제 슬슬 도발해 보자!"

원균은 적의 함대에 미끼가 될 자신의 판옥선에 깃발을 올렸다.

* * *

와키자카 야스하루는 집무실을 떠나지 않았다. 그는 대선 아다케부네, 안택선의 3층 누각에 머물고 있다가 수하 장수의 긴급한 보고를 받았다.

"적선이 등장했습니다."

"그래, 드디어 나타났군. 몇 척이더냐?"

"6척이며 척후선으로 보입니다."

와키자카 야스하루는 창가로 접근해서 먼 바다로 눈길을 돌렸다. 출렁이는 물결을 타고 오르내리는 조선의 판옥선이 시야에 들어왔다. 자신도 모르게 비웃음이 입가에 걸렸다.

"저들이 우리 함대의 규모를 발견하고도 도주하지 않는 이유를 알고 있는가?"

"미적거리는 연유가 있다는 말씀이옵니까?"

와키자카 야스하루는 자신감이 넘치게 분석했다.

"우리가 반응하지 않으면 그들은 도발해 올 것이다."

"겨우 6척으로 말입니까?"

"왜냐면 그들은 미끼이기 때문이다. 우리를 유인해 내려는 수작이지."

부하 장수는 이해가 된다는 듯이 고개를 끄덕였다.

"일종의 유인술책이군요. 우리를 자극해서 끌어내려는 함정이요."

와키자카 야스하루는 투구를 착용하고 전투복장을 갖추기 시작했다. 부하 장수는 그의 태도가 이해되지 않았다. 함대의 장군 와키자카 야스하루는 추호의 망설임도 없었다.

"우린 적의 함정 속으로 들어간다."

부하 장수는 놀란 토끼눈이 되어서 되물었다.

"장군님, 적군의 유인책에 그냥 말려든다는 말씀입니까?"

와키자카 야스하루는 오만한 자세였다.

"조선군들은 형편없는 작자들이야. 난 이미 파악이 끝났다. 잊었는가? 우린 불과 1500여 명으로 5만이 넘는 조선군을 혼비백산하게 만들었다. 그들은 오합지졸이야."

부하 장수는 만류했다.

"수군은 다릅니다. 특히 전라좌수사 이순신이란 자는 지난 몇 차례 해전에서 우리에게 막대한 피해를 주었습니다."

와키자카 야스하루는 갑자기 박장대소를 터뜨렸다.

"하하하-- 이순신이란 위인이 얼마나 대단한지 내 친히 상대해주마. 함정에 빠져보면 알게 되겠지."

와키자카 야스하루는 의기양양하여 부하장수에게 소리쳤다.

"전 함대는 출정 준비하라!"

견내량에 고요히 머물고 있던 와키자카의 함대가 북소리와 나팔수의 호적號笛에 의해서 소스라쳐 깨어나고 있었다. 원균의 판옥선은 일정한 거리까지 접근해서 일제히 포문을 열었다. 원균의 대장기가 깃봉위로 펄럭이며 올라왔다.

"포격하라---!"

견내량에 진입한 원균의 판옥선에서 포탄이 발사되었다.

쾅---콰앙---

불꽃이 일어나면서 굉음이 진동했다. 와키자카 야스하루의 함대와는 거리가 다소 떨어져 있는 사정권 밖이었다. 바닷물이 거꾸로 분수처럼 치솟아 올랐다가 사방으로 흩어졌다. 누가 보아도 위협사격이었다.

"출정하라---!"

와키자카 야스하루가 탑승한 3층 누각의 안택선 아다케부네가 견내량의 파도를 헤치고 전진해 나왔다. 뒤를 이어서 정박해 있던 72척의 크고 작은 함선이 출동을 감행했다. 원균은 내심 쾌재를 불렀다.

"옳지, 걸려들고 있구나."

그러나 난간에 서서 적들의 함선을 바라보는 사야가의 태도는 담담하기 이를 데가 없었다. 그는 마치 적의 함선이 준동할 것임을 알고 있는 듯 여유로웠다. 원균은 그의 침착한 모습을 확인하고는 신경이 예민해졌다.

"자네는 마치 당연하게 여기는군. 그들의 맹목적인 공세를 말일세."

"와키자카 야스하루의 관습을 알고 있습니다. 그는 도취되어 있습니다. 매복을 짐작하면서도 반드시 추격해 올 것입니다."

"그렇게도 자신감이 넘치고 있다는 말인가?"

항왜장수 사야가는 예리하게 분석하고 있었다.

"무려 30배가 넘는 조선군을 격파한 장수입니다. 그는 의욕이 누구보다도 충만하고 기고만장한 상태입니다. 우리의 함정을 함정으로 생각지 않고 거의 맹목적으로 달려드는 것이니 소신은 와키자카 야스하루의 치명적인 약점을 이용하려는 것이옵니다."

경상우수사 원균은 신음을 삼켰다. 와키자카 야스하루의 심리를 꿰뚫어보는 사야가에게 급격히 관심이 기울어졌다.

'과연 평범한 항왜가 아니다.'

전라좌수사 이순신이 매우 중용重用 하고 있다는 생각이 들 때부터 눈여겨보았다. 적장의 심리를 파악하고 있다면 그가 어떤 결과를 이끌어낼지 기대가 남달랐다. 원균은 함선에 대해서 명령을 내렸다.

"퇴각하라!"

엄밀히 말한다면 적선을 유인하는 행위를 시도하라는 지시였다. 흰색 바탕의 용무늬가 각 선상에서 바람을 타고 나부꼈다. 원균의 유인 판옥선은 다시 견내량을 빠져나가기 시작했다. 이들을 유인하는 것은 한산도 앞바다까지로 경상우수사 원균은 마음이 놓이지 않았다.

와키자카 야스하루가 과연 미끼를 덥석 물어줄 것인가? 그는 백전노장의 노련한 왜나라의 장수였기에 충분히 조선 수군의 유인 전법이라는 것을 파악하고 있을 것이다. 만일 그들이 흉내만 내고 견내량을 벗어나지 않는다면 이번 전술은 실패였다. 항왜장수 사야가의 분석이 적중할 것인가? 그런데 왜군의 적선은 멈추지 않고 견내량을 통과하여 원균의 판옥선을 추격해왔다.

와키자카 야스하루의 승리에 대한 동물적 본능이 작용하였다. 그는 자신만만했다. 이순신의 함대를 섬멸하고 호남을 장악하여 명나라의 진군을 획책하리라!

"장군, 적의 함대가 등장하였습니다. 과연 우리를 유인하려는 계책이었습니다."

견내량의 출구 언저리에 조선의 판옥선들이 진을 치고 있지 않은가. 이순신의 본 함대는 얼핏 계산해도 50여 척은 넘어 보였다.

와키자카 야스하루의 동공이 무섭게 빛났다.

"잊었는가? 나 스스로 함정에 빠지겠노라 장담했던 말을!"

부하 장수들조차 와키자카 야스하루의 거침없는 자신감에 도취되어 각기 승전을 꿈꾸며 얼굴이 붉게 상기되었다. 이순신의 매복 함대가 한바탕 격전을 예상하고 있었을 때 이번에는 이순신의 본 함대도 뒤로 물러나고 있지 않은가?

"저들이 꽁무니를 빼고 있습니다."

대규모로 함대끼리 정면 승부를 해보자는 것이 아니었던가? 설마 그 뒤에 또 다른 함선들이 대기하고 있단 말인가? 와키자카 야스하루는 일순 혼란스러웠다.

"유인을 하고 기습전을 위해 매복했던 게 아니라면? 이순신, 대관절 뭐냐?"

이순신의 함대는 다시 한산도 방향으로 물러나고 있었다. 와키자카 야스하루는 서둘렀다.

"전 함대, 돌진하라!"

'둥둥둥----'하는 북소리와 뿔 나팔이 공세의 깃발과 더불어서 바다 위에서 장엄하게 울려 퍼졌다. 와키자카 야스하루의 전 함대가 맹렬하게 앞으로 돌격해 나갔다.

"물러나라---! 퇴각하라!"

이순신 함대는 한산 앞바다로 줄행랑을 놓기 시작했다. 적장 와키자카 야스하루는 긴장에서 벗어나고 있었다.

"우릴 유인해 놓고서는 그냥 도망질하는 이유가 궁금하구나."

부관 장수가 의기양양하여 떠들었다.

"용인 전투의 명성을 들은 것이 분명합니다."

"그럼 이순신이란 작자가 과대평가된 것인가?"

그러나 이순신의 판옥선 함대는 한산도 바다에 접어들자 각자 전방과 좌우로 벌어져 나갔다. 반원의 형세를 이루어 나가고 있는 것이다. 순간적으로 와키자카 야스하루는 미간을 심하게 일그러뜨렸다.

"그렇다고 우리가 포기할 것으로 생각하는가? 이순신, 너희 함대를 반드시 끝장내고 말테다!"

와키자카 야스하루의 무서운 눈매가 도주하는 이순신 함대의 대장선에 고정되었다. 부하 장수가 깃발을 휘두르며 독려했다.

"전 대형 추격하라!"

뿌우우-- 공격을 독려하는 뿔 나팔의 소음이 한산도 파도의 포말을 일으켰다. 와키자카 야스하루의 함대가 전력으로 추격에 나섰다. 그러나 이때 와키자카 야스하루는 갑자기 왼손을 들어 올려 제지 시켰다.

"본 함선은 잠시 후방에서 대기하며 전선을 지휘한다!"

와키자카 야스하루의 명령에 따라서 그의 3층 누각의 사령선 아다케부네는 잠시 해상에 멈추었다. 그때 이순신의 대장선에서는 푸른 깃발이 펄럭였다.

"전 함대 전투 진형으로!"

두둥--둥-- 북소리와 더불어서 고막을 찢을 듯 나팔소리가 요란했다. 갑판위의 기수는 좌우로 깃발을 펄럭였다.

"전 함대 전투 대형으로 이동하라---!"

경상우수사 원균과 사야가의 견내량 유인 판옥선은 전력을 다하여 미리 합의한 우측 진영으로 물살을 갈랐다. 달아나던 조선의 수군 판옥선 함대가 방향을 바꾸기 시작했다. 그들은 바다 위에서 장엄한 반원형의 진을 형성하는 것이 아닌가?

와키자카 야스하루의 안색이 급 변했다.

"학鶴-익翼-진陣?"

출렁이는 바다 위에서 날개 짓을 하고 있는 조선 함대의 불길함이 와키자카 야스하루의 일신을 미세하게 떨리게 만들었다. 날개를 펼친 학의 정령 판옥선이 바다 위에서 심하게 출렁였다. 도저히 들릴 수 없는 거리임에도 불구하고 이순신의 노성怒聲이 파도를 타고 왜 함대의 장수 와키자카 야스하루의 고막을 파고드는 듯 착각이 들었다.

"전 함대 포격하라!!"

이순신의 지휘봉이 수직으로 떨어지며 왜 함대를 향한 조선 판옥선의 포문이 일제히 열렸다.

'아뿔싸!'

와키자카 야스하루는 온 몸의 소름이 돋아났다. 그는 목에 핏대를 올리면서 황급히 고래고래 소리 질렀다.

"퇴각이다! 후퇴를 명하라!"

와키자카 야스하루를 모시던 부장은 황당한 얼굴이 되었다. 이미 함대의 전선 아다케부네와 세키부네關船 등 반 이상이 한산도 앞바다로 돌격을 감행한 상태가 아닌가.

콰쾅-- 쾅!!

조선의 판옥선에서 함포 사격이 시작되었다. 측면에 설치한 8개의 화포 구멍을 통하여 일제히 발포가 된 것이다. 학의 날개짓은 강렬한 포성과 더불어 펄럭였다. 그때마다 대포의 포탄이 왜의 함대 위로 우박처럼 쏟아져 내렸다. 사령선의 부장은 경직되고 말았다.

"이미 이순신의 함정에 걸려들었습니다."

부장은 차마 와키자카 야스하루 장군이 스스로 함정에 빠져들겠다고 공언했던 망언을 상기시키고 싶지 않았으나 자신도 모르게 내뱉고 말았다. 와키자카 야스하루의 서늘한 눈매가 작렬하였다. 그가 왜 모르겠는가? 이미 바다 위의 전선은 물러설 수가 없는 양상이었다. 후퇴한다면 적의 조선 함대는 거대한 학의 날개로 우리 일본의 함선을 뒤덮고 말리라. 그리되면 전멸이다. 모두 포탄에 갈가리 짓이겨 지거나 바다 속으로 수장水葬되는 방법뿐이다.

"물러날 수 없다면 돌격을 감행할 뿐이다. 지체하지 말고 근거리로 접근에서 총포를 사용하고 판옥선에 갈고리를 걸어라! 백병전만이 유일하게 승기를 잡을 수 있다."

와키자카 야스하루는 목이 터져라 부르짖으며 군사들을 독려했다. 하지만 그의 입에서는 삽시간에 신음이 새어나왔다. 전방위적의 함대 포격으로 일본의 전함들은 타격을 받고 있지 않은가. 우려는 현실로 나타났다. 와키자카 야스하루의 얼굴 근육이 흉물스럽게 뒤틀렸다.

"젠장, 이순신이란 놈을 내가 너무 우습게 봤구나."

와키자카 야스하루는 자신의 자부심이 붕괴되는 것에 대하여 참담할 따름이었다. 부하들의 처절한 비명소리가 한산도 앞바다에 둥둥 떠다녔다.

5장

×

선조와 이순신

지저귀는 새 울음에 눈을 떴다.
자유롭게 하늘을 나는 날개 짓이 부럽구나.
봄은 저만치 오고 있는데
나의 겨울은 이제 시작이네.
고향의 봄날이 적들에게 유린蹂躪되지 않기를
결박結縛 당한 몸으로 기원한다.
하늘이시여, 조선을 도와주소서!

- 이순신의 심중일기 1597년 정유년 3월 1일 신묘-

　서애 유성룡의 안목은 실로 탁월했다. 일개 종 6품의 지방 현감이던 이순신에게 무려 일곱 계단이나 건너 뛴 정 3품의 전라좌도 수군절도사란 파격적 임용을 단행했기 때문이었다. 도저히 있을 수 없는 인사人事였다. 관작官爵의 남용濫用으로 체차遞差시켜야 한다는 상소와 장계가 잇따랐다. 조선의 왕 선조는 그런 신하들의 아우성을 일축했다. 비록 신임하는 유성룡의 천거였다고는 하지만 평소의 선조답지 않았다. 왕이 이순신을 선택한 것은 확실히 이변에 가까운 사건이었다.

　그런 이순신 선택으로 말미암아 조선은 패전을 모면할 수 있었다. 남해 바다를 장악하지 못한 왜는 배후의 불안감으로 결국 주저앉고 말았다. 임진년과 그 다음 해 계사년의 이순신 수군 함대는 연전연승을 거듭하였다. 특히 임진년 7월 견내량에서의 한산도 해전은 왜란(임진왜란)의 분수령이 되었다. 당시 왜는 이순신 함대를 격파하고 이미 조선으로 침투한 약 16만의 군사 외에

나고야에서 대기 중이던 10만 병력을 동원하여 남해를 통해 서쪽으로 투입할 계획을 세우고 있었다. 본래 목표였던 조선을 장악하고 명나라의 침공을 서두르자는 계산이었다. 이 때문에 평양을 거쳐 의주로 도주한 조선의 국왕 선조를 왜장 고니시는 더 이상 추격하지 않았다. 불과 3일 거리의 의주를 함락하지 않고 10만 원군을 기다리며 대기하고 있었다. 마음만 먹으면 쉽게 조선을 차지할 수 있다는 여유로움이었다. 이 기세를 단번에 돌려버린 것이 바로 남해를 수호하는 이순신의 한산대첩이었다. 조선의 왕을 구원하고 전란에 휩싸일 명나라까지 지켜낸 셈이었다. 우연이든 필연이든 그 한산도 해전은 역사를 뒤바꾼 정쟁임은 분명했다.

"오오, 이것이 정녕 꿈은 아니겠지!"

왕은 눈물을 흘렸다. 왜란이 발생하고 지난 3개 월 여간은 평생 단 한 번도 경험해 보지 못한 충격과 공포와 모멸의 나날들이었다. 거듭하여 들려오던 패전의 소식들. 특히 그토록 신임하던 장수 신립의 전사는 조선의 절망과도 같았다. 대장군 신립은 조선의 수도 한양을 사수하기 위해서 선조로부터 조선 최고의 명검이자 임금의 권한을 상징하는 상방검을 하사받고 출전했으나 충주 탄금대에서 패하게 되어 스스로 목숨을 끊었다. 신립 대장군의 자결은 조선 왕실에 거대한 폭풍으로 작용하였다.

"상감마마, 한시라도 파천을 단행하심이 옳은 줄로 아뢰옵니다."

신하들은 충주의 방어선이 붕괴되자 초조해졌다. 금방이라도 그들 왜적들이 도성으로 물밀 듯이 몰려들 것이 당연하지 않은 가.

"훗날을 도모하소서."

조선의 왕 선조는 피눈물을 삼켰다.

"나의 백성들은… 그들은 어찌 한단 말이요!"

왕도 울고 신하들도 통곡 했었다. 그리고 평양으로 몽진을 감행 하였으나 왜적들은 집요하게 추격하였고 이제 의주까지 도주 하였다. 백성을 버리고 달아난 왕은 불안감에 명나라로의 망명까지도 고려하였으나 신하들의 반대로 무산되었다. 그리고 이순신의 승전보가 날아들었다. 왕은 기고만장 하여 소리쳤다.

"그대들이 이순신의 발탁을 극구 반대 하였다. 그의 파격적 인사 조치를 항의하였다. 그런데, 보라! 오늘의 난국을 누가 타개한 것이냐? 전쟁이 일어나고 어느 누가 이런 시원한 전과를 올릴 수 있었는가? 이것은 일등이 이순신의 공이요, 이등은 그를 인정한 짐의 공이며, 삼등은 이순신을 천거한 서애 대감이라 할 것이다."

신하들은 감히 찍 소리도 못하고 엎드려 이구동성 소리쳤다.

"성은이 망극 하옵니다."

"그에게 정헌대부正憲大夫를 제수해야겠노라!"

왕은 신명났다. 의주에서 몸을 도사리며 전쟁의 승전보를 손꼽아 기다려 왔지 않았던가. 한산대첩은 전란의 분위기를 일거에 바뀌게 했던 대승리였다.

"그래… 이수사의 장계는 언제쯤 도착하는가?"

승전에 목말라 있던 조선의 국왕 선조는 한시라도 빨리 이순신의 보고서를 받아보고 싶었다. 어떤 전략으로 싸움에 임하였는지 궁금하였고 적의 함선을 몇 척이나 격파 하였으며 바다에 수몰된 적병은 얼마나 되는지 조급증이 날 지경이었다.

"이순신 장군의 함대가 3차 출동으로 대승을 거두었습니다. 이번에 전라우수영의 이억기 장군과 경상우수영의 원균 장군도 합세하여 연합 함대를 결성한 것이 주효한 것으로 사료되옵니다."

"그러하옵니다. 특히 전라우수영의 이억기 장군 판옥선 25척이 이순신 함대와 합류한 것이 결정적이옵니다."

"원균 장군의 7척도 참전하여 공을 세웠습니다."

각 당파 계열의 신하들이 저마다 자랑스럽게 떠들어댔다. 선조는 비록 전전긍긍戰戰兢兢 비참하게 도망 온 신세였지만 오늘만큼은 웃고 싶었다. 신하들의 당쟁도 봐줄만 했다.

"그러나, 그 연합 함대를 지휘하여 승리로 이끈 수장은 전라좌수사 이순신이 아니요? 우린 그 점을 잊어서는 아니 되오."

이제 이순신이란 이름만 대어도 선조는 가슴이 울렁거리고 기쁨의 눈물이 콧잔등을 적셨다. 서애 유성룡의 눈에서도 눈물이 흘렀다.

"상감마마의 하해 같은 성은이 있었기에 오늘의 기쁨이 있나이다. 이제 머지않아 육지에서도 큰 전과가 있을 것이옵니다."

"그래야지요. 우리 조선의 수군이 맹활약을 하고 있으니 당연 육지의 장수들도 분발하지 않겠습니까?"

"그러 하옵니다. 뿐만 아니라 전국 각지에서도 의병과 승병들이 궐기하고 있사옵니다."

선조는 크게 고무되어 반겼다.

"조선을 구하고자 백성들이 저마다 앞장서니 실로 나라의 복이로다."

신하들이 합창하듯 목청을 드높였다.

"성은이 망극하옵니다."

"하지만 왜적의 정예 병력은 우리가 감당할 수 없는 숫자가 아니오. 더구나 그들은 하나같이 신병기로 무장 하고 있으니 이 싸움은 실로 어렵지 않소. 명나라의 원군이 절대적으로 필요하오."

신하들이 아뢰었다.

"명나라 요동부총병 조승훈 장군이 명군 삼천여 명을 이끌고 압록강을 건너 평양성으로 진군중인 걸로 알고 있사옵니다."

선조의 표정이 더없이 밝아졌다.

"오오! 드디어 명나라가! 그래야지. 암… 참으로 반갑구나."

그러나 신하들의 불만이 여기저기서 터져 나왔다.

"고작 3천의 군사로 어찌 왜적들을 물리칠 수 있단 말입니까? 명나라는 아직도 사태의 심각성을 인식하지 못하고 있으니 답답할 노릇이 아닙니까."

"어림도 없는 병력입니다."

유성룡이 왕 선조의 기색을 살피며 고개를 조아렸다.

"명나라가 일단 참전 하였으니 이후 추가 병력이 파견될 것이옵니다. 심려 마옵소서. 신이 다만 우려 하는 것은 원군에 대한 우리의 준비가 마땅치 않음이오이다. 그들에게 지급해야 할 식량과 군비가 만만치 않사옵니다. 더욱이 명나라 군사들은 천병天兵을 자처하며 조선을 얕잡아 보고 있기에 더욱 근심이옵니다."

"그러하옵니다. 명나라는 일찍이 조선과 군신관계를 요구하며 오만불손하기 짝이 없는 행동을 일삼아 왔습니다. 사실 이번 전란은 명나라를 치기 위한 길을 왜가 조선에 요구한 것이옵니다. 물론 왜적들의 술수이기는 했으나 전혀 근거 없는 이야기는 아니었습니다. 왜의 관백 히데요시의 도발 목적이 명나라임은 익히 알려진 사실이옵니다. 따라서 명나라는 조선에 최선을 다해야 합니다."

오성 이항복이 오랜만에 입을 열었다. 더구나 서애와 더불어 이들이 명나라에 대한 반감을 이토록 노골적으로 드러낸 적은 단 한 번도 없었다. 사실 이들의 불만은 조선의 원군 요청에 대한 명나라의 태도에 있었다. 왜는 조선 침략에 약 16만 여 명의 병력을 동원 했으나 명나라의 원군은 고작 3천 여 명에 불과 했다. 게다가 시일 또한 적지 않게 지체되어 조선 조정을 조바심나게 만들었다.. 이것이 선조를 모시고 피난길에 고초를 감내했던 충성스런 두 대신의 분노가 표출된 것이다.

"그러나, 우리를 돕기 위해 참전하는 군대이니 만큼 우리도 만반의 채비를 해야 하오. 경들은 명심해 주시오!"

조선의 국왕 선조는 명나라의 파병에 대하여 상당한 의미를 부여하고 또 신뢰하고 있었다.

"명나라는 곧바로 대규모 천병을 파견하리라 생각되니 실로 안심이오. 이제 수군에서는 이순신 장군이 활동하고 육지에서는 천병의 승리 함성이 진동하게 되지 않겠소. 실로 오랜만에 마음이 안정되는구려."

서애 유성룡은 가슴이 아팠다. 왕을 제대로 보필하지 못하여 오늘과 같은 환란을 겪고 있는 것이 자신의 탓만 같았다. 본래 왕 선조는 매사에 우유부단하고 자심감이 충만하지 못했다. 어딘가 부족하고 늘 주변에 의존하여 국정을 수행했다. 어쩌면 동인과 서인간의 당쟁이 활발하게 충돌한 연유도 거기에 있을지 몰랐다. 그래서인지 왕은 학식과 덕망을 고루 겸비한 유성룡을 총애했다.

"상감마마, 조선의 반격이 수군으로부터 시작 되었으니 부디 옥체 보존하시고 마음을 편히 가지소서. 반드시 왜적들을 물리치고 태평성대를 누리시게 될 것이옵니다."

오성 이항복도 고하였다.

"수군에 이어 의병들의 승전보가 보고되고 있사옵니다. 이제 육군의 지상 병력이 왕성한 활동에 들어갈 것입니다."

"그래야지. 혹여… 한산대첩의 승전보에 대한 소식을 알고 있는 자가 있는가? 대충만이라도 알 수 있었으면 좋겠군."

임시로 마련된 어전에서 대신들은 서로의 눈치를 보며 서애 유성룡에게 시선을 던졌다. 이순신과 가장 막역한 처지이니 의당 정보를 알고 있지는 않을까 여겨졌다. 이순신의 장계를 기다리지 못하는 왕의 조급함을 이해하며 유성룡이 말문을 열었다.

"포구에 정박해 있던 왜의 함대를 한산도 앞바다로 유인하여 대형과 중, 소형의 전선 60여 척을 침몰 시켰으며 이로 인하여 약 9천 여 명의 왜군을 몰살 시킨 것으로 보여 집니다. 사상 최대의 전과를 올린 것입니다."

"구… 구 천 명이라면…?"

오성 이항복이 탄식하듯 중얼거렸다.

"명나라 장수 조승훈의 군대 3천 명의 꼭 세 배입니다. 놀랍습니다."

조선의 왕 선조의 용안에 어린아이 같은 환한 웃음이 솟아올랐다.

"과연 이순신이로다!"

1592년 임진년의 왕 선조는 이순신의 승전에 대한 감격으로 흠뻑 취해 있었다. 왕의 뇌리에는 남해의 수호신으로 통제사가 각인되었다. 그때만 하여도 이순신은 구국의 영웅이었다.

* * *

"조선이 스스로 망조를 자초하는구나."

임진년 일본군의 선봉장으로 한양을 점령했던 고니시 유키나가小西行長는 침중한 표정을 지었다. 조선의 삼도수군통제사 이순신이 의금부로 압송되고 있다는 전갈은 희소식이라 할 만하였다. 정치적 술수가 기대 이상의 효력을 발휘했다는 생각에 흡족해야 했지만 그는 어두웠다. 애초에는 가토 기요마사加藤清正

를 함정으로 몰아넣고자 하는 계략이었다.

"가토는 과연 놀라운 녀석이야."

고니시 유키나가는 왜란 종식을 위해 명나라 심유경과 협상을 조율 하였으나 그 실패로 인해서 죽음의 위기에 직면하게 되었다. 그러나 도요토미 히데요시豊臣秀吉를 설득했던 가신들에 의해서 간신히 구명求命 되고 이제는 다시 조선과의 전쟁을 수행해야만 하는 상황이었다. 그때 일본 측에서는 조선의 조정에 반간계反間計를 사용하였다. 내용은 가토의 군대가 부산으로 진입하는 일정을 은밀히 전달한 것이다. 그 함정에 조선의 임금 선조가 어이없이 속아서 이순신에게 함대의 부산 출동을 명령내린 것으로 생각하고 있었으나 실상은 달랐다. 선조는 결코 어리숙하지 않았다. 그는 교묘하게 반간계를 역으로 이용하고 있었다.

"하지만 이순신은 우리의 계략에 속아 넘어가지 않았다. 가토 역시 만반의 대비를 하고 있었고. 만일 이순신이 출전했다면 가토의 함대에게 전멸 당했을 것이야. 그렇지만 왕명을 거역한 죄로 이제 파직 당하고 말았으니 어차피 전략은 성공한 셈이다."

"와아!"

고니시 유키나가 막하의 장수들이 환호성을 질렀다. 만일 이순신만 제거 된다면 남해 바다를 장악하는 것은 너무나 손쉬운 일이 아닌가. 사실 왜란에 있어서 가장 걸림돌의 하나는 식량과 물자의 보급로였다. 이순신의 함대가 수호하고 있는 바다로 인해서 전쟁 내내 수송이 원활하지 못했었다.

"왕명을 거역하였으니 이순신은 이제 참수 당하게 될 것입니다.”

“드디어 조선 수군의 몰락이 눈앞에 도달하였습니다.”

“이순신은 이제 끝장났습니다. 조선의 왕은 우리보다도 이순신이 더 두려운 모양입니다. 하하하.”

고니시 유키나가는 흥분해 있는 참모들을 둘러보면서 고개를 좌우로 저었다.

“그대들은 그리 생각하는가?”

참모 장수 한 명이 고개를 숙였다.

“조선의 왕은 우리 편입니다. 왕명을 거역하고 살아난 자는 별로 없습니다. 안심하소서. 축배를 들어야 합니다.”

그러나 고니시 유키나가는 신중한 기색이었다. 깊은 동공에는 무조건 안도할 수 없는 잔잔한 우려가 엿보이고 있었다.

“그대들은 모른다.”

전원의 시선이 총대장 고니시 유키나가에게 집중되었다. 무엇을 모른다고 하는 것일까? 참모들은 궁금했다.

“장군?”

일본군의 선봉장으로 임진년 한양을 제일 먼저 20여 일만에 함락했던 지장이며 맹장인 고니시 유키나가는 이 순간 매우 진중했다.

“이순신의 배후에 누가 있는지 잊었는가?”

참모 한 명이 눈을 부라리며 내뱉었다.

“영의정 유성룡입니다.”

“그렇다. 조선의 임금 선조가 가장 총애하는 서애 유성룡이 과연 이순신의 몰락을 그대로 방치하겠는가?"

참모들의 안색이 경직되었다. 제대로 된 내막은 알 수 없었으나 유성룡과 이순신에 대한 소문을 그들은 듣고 있었다.

"장군의 의도는 어디 있는 것입니까?"

"어디에 있는 듯이 보이는가?"

참모 중 하관이 빠르고 매서운 눈매의 장수가 투박한 사투리를 사용했다.

"이순신을 제거하기에 하늘이 준 기회가 아니겠습니까?"

그러나 고니시 유키나가는 이때 웬일인지 슬퍼보였다.

"이순신의 한산대첩은 참으로 대단했다. 적장이지만 존경할 수밖에 없는 바다의 승리자. 그의 전술 전략은 실로 탄복 할 만했어. 제대로 나와 승부하지 못하고 결국 정권의 희생양이 되는 것이 안타까운 일이지."

일본군의 수뇌 고니시 유키나가는 진심으로 상심어린 눈빛이었다. 그의 탄식을 지켜보던 무장 소 요시토시가 역시 안타까운 표정을 지었다. 젊음의 기개가 엿보이는 그는 반듯한 용모에 냉철해 보이는 눈매를 지니고 있었다.

"이순신이 존재하지 않았다면 조선은 5년 전에 이미 붕괴되었을 것입니다."

* * *

그들은 5년 전, 1592년의 임진년을 떠올리고 있었다. 남해의 이순신은 바다의 수호신다웠다. 오죽했으면 관백 도요토미 히데요시는 조선과의 해전을 중단시키며 크게 한탄 했다고 한다.

"남해 바다를 장악하지 못한다면 정명향도征明嚮導는 달성하기 어렵다. 조선의 수군이 본 관백의 대망을 가로 막는구나."

정명향도란 명나라를 정복하고자 하니 길을 안내하라는 뜻이었다. 그러나 당시 고니시 유키나가의 사위이며 대마도의 도주 소 요시토시는 조선이 그런 지시를 수용하지 않을 것이란 사실을 간파하고 있었다. 조선은 결코 호락호락한 나라가 아니었다.

그는 척박한 대마도의 환경으로 인해서 빈번히 발생되는 왜구의 조선 노략질을 방비하기 위한 정책으로 조선으로부터 녹봉을 받고 있는 처지였다. 거기다가 무역 독점의 특권까지 누리고 있었으니 자연 소 요시토시는 조선의 입장을 반영하였다. 따라서 그는 정명향도란 단어를 바꾸어 가도입명假道入明 즉 명나라로 들어가려고 하니 길을 빌려 달라는 완곡한 표현을 사용하여 조선에 전달했다.

그러나 이미 1592년 임진년 훨씬 이전부터 도요토미 히데요시는 조선에 대한 야욕을 드러내고 있었다.

"조선왕에게 전하라! 일본에 굴복하고 영토를 바치도록 하라고, 조선이 정작 살아남고자 한다면 오직 그 길 뿐이다. 그것이 너 소 요시토시의 임무이다!"

조선 왕이 일본으로 넘어와서 항복하고 조선을 일본에 넘기도록 주선하라는 도요토미 히데요시의 야욕을 소 요시토시는 정면으로 반박할 수도 반대할 수 없었다. 만약 그랬다가는 당장

목이 달아날 뿐만 아니라 가족과 장인 가문까지도 문제되지 않겠는가. 약관의 나이에 대마도의 도주가 된 이유는 충분했다. 소요시토시는 매우 영악했다. 그는 조선 왕의 병환 등 여러 가지 구실로 수년간 시간을 끌었다. 동시에 조선의 조정에 대해서는 일본의 야심을 누차 경고했다. 소 요시토시는 일본의 명령을 거역함으로 조선에 대한 최소한의 예의를 지켰다. 하지만 당쟁의 조선 신료들은 젊은 일본의 대마도주에게 호의적이지 않았다. 그들 조선의 중신들은 방관, 방치 했고 일본에 대해서도 낙관하고 있었다. 조선은 명나라에 대한 사대주의 사상이 아니더라도 일본에 순순히 길을 열어줄 수는 없었다. 더군다나 명나라를 정복한다는 명분은 단순 명분일 뿐이고 실상은 조선을 함락하고자 하는 야심일 수 있지 않겠는가. 1592년 기어코 임진년 왜란은 발발하고 말았다.

"조선 수군을 지휘하는 장수에 관하여 상세한 정보를 수집하기 전에는 일본의 전 수군은 대기하도록 한다!"

도요토미 히데요시는 전략 전술의 귀재였다. 그렇지 않고서야 어떻게 100년 전란의 일본을 통일할 수 있었겠는가. 파죽지세로 조선 전쟁의 승전보만 보고 받았던 도요토미 히데요시는 한산대첩으로 인해서 정신이 번쩍 들었다. 일본 수군은 이후 이순신 함대와 정면 대결을 회피하고 본국의 지시를 기다렸다. 정유재란이 발생하기 전에 도요토미 히데요시는 소 요시토시를 본국으로 소환하였다. 비록 조선의 녹봉을 받고는 있으나 그는 엄밀히 일본인이었다.

"너의 장인이 감히 날 기만하였다."

도요토미 히데요시는 노여움으로 가득했다. 명나라 사신 심유경과 고니시 유키나가의 밀약 외교 협상은 애초부터 심각한 오류를 범한 상태에서 추진되었다. 그 내용은 조선에서 벌어지고 있는 전쟁의 종식을 위한 명나라와 일본, 강자들의 은밀한 야욕과 교만이었다. 도저히 이행될 수 없는 협상안을 명의 심유경과 일본의 고니시 유키나가는 미봉책으로 이어나갔다. 그 결과는 끝내 정유재란을 일으켰으며 심유경은 처형을 당하기에 이르렀다. 고니시 유키나가 역시 죽음에 직면한 상태였다. 멸문을 각오해야 하는 상황이었다.

"소신에게 기회를 주소서! 장인의 불찰을 죽음으로 갚겠나이다."

그때 도요토미 히데요시는 희미한 분노를 입가에 지었다.

"그대 장인과 사위가 용서받을 수 있는 유일한 길은 남해 바다의 적장 이순신을 처단하여 새로운 서북가도를 완성하는 것이다. 할 수 있겠느냐?"

본인의 목숨과 장인, 가문의 생사가 달려 있는 문제였다.

소 요시토시는 일본 최고의 권력자 관백 도요토미 히데요시에게 맹세할 수밖에 다른 도리가 없었다.

"이순신의 목을 가지고 오겠습니다."

6장

×

살생부 殺生簿

꿈자리가 뒤숭숭 하다.

어머님이 손을 잡고 우는 꿈이니 흉몽이리라.

사령이 전하기를 하루 뒤면 한성 땅이란다.

구차하게 살기를 희망하지는 않는다.

역신逆臣의 누명을 함거 속에서 내다 본 세상은 적막寂寞하다.

국문鞫問에 무엇을 묻고 무엇을 대답하랴!

난 오직 조선의 장수將帥로 최선을 다하였노라.

어머니의 눈물에 불효不孝 자식은 가족들이 그립다.

-이순신의 심중일기 1597년 정유년 3월 2일 임진-

"이제야 비로소 참된 인재를 중용하는구나. 이 나라 조선의 흥복興復이로다."

이순신의 모친 변 부인은 당연하다는 듯이 고개를 끄덕이며 이제 사십 대 중반을 넘긴 아들을 사랑스럽게 응시한다. 남보다 한참 늦은 나이에 벼슬길에 올랐으나 아들 이순신의 성정性情을 누구보다도 깊이 파악하고 있는 그녀였다. 어린 시절부터 청년기를 거쳐 오며 오늘에 이르기 까지 이순신의 일거일동은 충분히 비범하였다. 지금 이순신의 주변으로는 모친을 비롯하여 부인과 장남 회, 차남 울과 막내 면까지 온 가족들이 축하를 위해 모여 있어 방안이 비좁을 지경이었다.

"그렇지만 새삼 당부하네. 나라에서 이런 파격적인 조치를 단행하는 이면에는 분명히 그 연유가 있다는 걸 명심해야 함일세. 이것은 좋은 경사가 아니라 아주 중대한 사명使命일 것이야."

어머니 변 부인의 조심스러운 선입견에 이순신 역시 몸가짐을 단정히 하였다.

"명심하겠습니다. 어머님!"

변 부인의 노안에 반가움과 더불어 근심 한 가닥이 스쳐갔다. 비정상적인 승진에는 반드시 후유증이 뒤따를 것이라는 것을 세월의 경륜이 말해준다.

"서애 대감의 주청이 있었겠지?"

이순신은 노모의 손을 잡았다. 순신을 비롯한 오남매를 반듯하게 키워낸 손이었다. 세월의 흔적이 주름으로 남아 있는 손이었으나 거긴 언제나 자상함이 배어 있었다.

"그렇지 않고서야 상감께옵서 어찌 말직의 관리를 헤아리실 수 있겠습니까."

노모의 음성은 매우 부드러웠으나 예의 냉철함이 섞여 있었다.

"서애 대감이 자네를 눈 여겨 보고 있는 것은 확실하네만 사람에 대하여 확신을 갖기란 쉽지 않은 법일세. 다행히 그분이 사람다운 안목을 가지고 있으니 안심이 되는군."

이순신은 불현 듯 어머니에게 송구스럽다는 생각이 들었다. 자식을 믿고 있지만 아직 세상을 염려하는 마음을 알고 있기 때문이었다. 그들은 그런 모자간이었다.

"부족함이 없도록 나라 일을 성심으로 임하겠습니다. 그것만이 위로는 임금님과 조상님들을 섬기는 것이고, 아래로는 만백성들을 위하는 일이라 사료되옵니다."

노모의 얼굴에 살짝 미소가 감돌았으나 이내 경직되었다.

"자네를 왜 모르겠나? 단지 만사가 원하는 대로 되지 않는 것이 세상 일이 아닌가? 더욱이 남해는 왜구들이 빈번하게 노략질을 일삼고 있으며 근자에는 난리를 일으킬 것이라는 흉흉한 소문이 감돌고 있지 않은가? 심상치 않으니 걱정일세."

"그 때문에 저를 수사에 임명하신 것이 아니겠습니까. 어머님, 심려 마십시오. 저들의 침략에 철저히 대비하여 왜구들이 단 한 발자국도 조선 땅을 밟지 못하도록 하겠습니다."

"자네를 믿지. 암… 믿고말고. 단지 내 말은 어쩌면 내, 외로 자네가 고립되지는 않을까 싶어서 하는 말일세."

노모는 이순신의 파격 승진에 대한 부담감과 더불어 왜의 침략 조짐에 대해서 상당한 경계심을 지니고 있었다. 내우외환內憂外患의 분위기는 먹장구름처럼 이들 모자를 감싸고 있었다. 조용히 대화를 듣고만 있던 이순신의 부인이 모처럼 입을 열었다.

"어머님이 심려 하시는 것은 지난 녹둔도의 둔전관屯田官시절에 발생한 사건이나, 거의 10년 전에 발포만호에서 파직 당한 것들이 마음에 걸리시는 겁니다. 한 치의 오차도 허용하지 않으시고 청렴하게 나랏일에 임하셨지만 결과는 허무하게도……"

부인 방씨의 말을 중도에서 이순신이 끊었다.

"부인, 그건 지나간 일이요. 공연히 들추어서 불안감을 증폭시킬 필요는 없지 않겠소. 이제는 잊으세요."

그러나 쉽게 잊을 수 있는 사건은 아니었다. 함경도의 조산보 만호 겸 둔전관으로 근무하던 중 여진족의 대규모 기습을 받아 병사들이 죽고 군민들이 납치 됐으며 곡식과 말을 약탈당하였다. 이 사건으로 이순신은 패전 책임을 물어 관직을 박탈당하고 백의종군을 하게 되었다. 사실 이것은 매우 억울한 처사였지만 당시로서는 받아 드릴 수밖에 없었다.

"오히려 아버님은 적은 숫자의 병사들로 끝내 여진족을 물리치셨고 또 납치 된 군민들을 구출해 내셨습니다. 절대 아버님의 불찰이 아니었습니다."

장남인 회가 다소 흥분하여 목청을 높였다. 녹둔도 사건은 그가 이십 대 초반이던 해에 발생 하였기에 분명한 사리판단을 할 수 있었다. 국경 수비를 위해서 부친은 병력 증강을 계속 요청했었으나 조정에서 묵살 했고 급기야 가을 추수 때 사고가 터진 것이었다.

"우리도 알고 있습니다."

이제는 어엿한 도령의 냄새가 풍기는 막내 면도 응원을 보냈다. 그는 열다섯 살로 이순신과는 달리 골격이 단단했고 키도 훤칠했다. 차남인 울도 빠지지 않았다.

"발포만호 시절의 파직도 아버님의 잘못이 아니고 청렴한 행동에 대한 보복성 음해가 아니었습니까? 이런 간신배들이 날뛰고 있으니 할머님의 걱정이 태산 이옵니다."

이순신은 다소 어이가 없다는 듯 실소를 머금었다.

"그때 네 나이가 몇이거늘 그걸 기억 한단 말이냐?"

"소자 열 한 살이었습니다."

"소자는 다섯 살이었고요."

막내 면이 십 년 전의 나이를 들먹이며 나서자 가족들 모두의 얼굴에 웃음꽃이 피어났다. 이순신의 모친이 흐뭇한 표정으로 막내의 엉덩이를 두들겨 준다.

"총명도 하시지. 그때를 기억하시는가?"

면은 쑥스러운 듯이 머리를 긁적이며 살짝 큰 형인 회를 쳐다 봤다.

"큰 형님에게 들었습니다. 제가 그때 유일한 기억은 작은 형과 뒷산에 밤을 따러 갔다가 잔뜩 독 오른 밤송이에 이마를 맞아서 대구 울며 돌아왔던 것이 전부입니다."

"하하하!"

"호홋-- 맞아. 이마가 시뻘겋게 부풀어서……"

"엄청나게 울었지!"

이순신의 가족들은 지난날을 회상하면서 웃었다. 일가족이 둘러 앉아 웃음꽃을 피워본지도 오래된 터였다.

"정말 좋구나. 우리 수사나리! 감축 드리오."

모친의 축하에 이순신은 담담한 표정을 지었다.

"이 모든 게 어머님의 은덕이 아니겠습니까."

"이 사람아, 어디 나의 공이 있었겠는가. 나라님과 조상님들이 굽어 살피신 것이지. 그리고 무엇보다도 자네의 능력을 높이 산 것이 아니겠는가."

"감축 드립니다, 아버님!"

"이제 당상관이십니다. 사실 진작 오르셔야할 관직이었지요."

"어깨가 무겁습니다."

부인 방씨가 다소곳한 자세로 입을 떼었다.

"근자에 왜나라의 동정이 심상치 않다는 것은 왜적의 출몰이 더욱 기승을 부릴 것이니 부디 유념留念 하소서."

이순신의 얼굴에 굳은 신념이 어리고 있었다.

"남해 전라좌수의 수사로 임용된 연유를 잘 알고 있소. 서애 대감과 상감마마는 철저한 수군의 훈련과 경비를 원하고 계시오. 내 어찌 소홀할 수 있겠소. 낮과 밤으로 수군들을 독려하여 무적의 함대를 구축할 것이요. 그 옛날 해상왕국의 면모를 갖출 것이외다! 내 장부로서 이런 다짐을 어머님과 부인, 아이들 앞에서 하는 것은 내 스스로의 각오를 되새김이요!"

문 밖에서 기침 소리가 들려오더니 굵직한 사내의 활기 찬 목소리가 울려왔다.

"작은 아버님! 완莞입니다. 분芬 형님과 왔습니다."

이순신을 측근에서 도와주고 있는 조카 이분李芬과 이완이 소식을 듣고 달려온 모양이었다. 이분은 곱상한 얼굴에 보통의 체구인데 반해서 이완은 어렸지만 골격이 단단해 보였다. 이순신은 다른 조카들 중에 유독 이들을 챙겼다. 큰 아들 이회 보다 한 살 많은 이분은 학문에 열중하였고, 특히 역학譯學에 큰 관심을 보여 그 방면에 출중하였다. 그 때문에 이후 이순신의 막하에서 외교 문서와 통역 업무 등으로 명나라와의 관계에 큰 역할을 하게 된다.

"감축 드립니다!"

이완은 이순신의 막내아들 면보다도 두 살 어렸지만 배짱이 두둑하고 용기가 남달랐다. 많은 형들 사이에서 주눅 들지 않고 언제나 앞장 서 나가기를 좋아했다. 그래서 이순신은 조카 이완을 장군감이라고 칭찬을 아끼지 않았다. 이순신은 조카들의 방문을 환영했다.

"그래, 어서 오너라!"

조카들은 제일 먼저 할머니인 변 부인에게 큰 절을 올렸고 이어서 이순신에게도 넙죽 엎드렸다.

"제가 선친을 대신하여 감사드립니다. 가문의 모든 어려운 짐을 숙부님에게 안겨 드리고 홀로 떠나셨지만 지하에서도 감격해 마지않으실 겁니다. 숙부님이 정말 자랑스럽습니다."

어린 조카들만 남겨두고 고인故人이 된 형의 이야기를 꺼내자 변 부인은 돌아서서 눈시울을 적셨다. 이순신은 조카 이분의 어깨를 가볍게 토닥였다.

"네가 그리 말해주니 고맙구나. 이 모든 은혜가 성상聖上과 서애 대감에게 있느니라."

이분은 더욱 공손하게 말했다.

"저도 제법 성장하여 이제는 세속의 물정을 좀 압니다. 더구나 대국 명나라와 교역, 교류 하면서 근래의 정치 상황에 대해서도 듣는 바가 많습니다."

"오호! 그러냐?"

이회가 부친 이순신의 표정을 살피면서 말을 거들었다.

"분형이 사대事大의 통역을 아주 능숙하게 합니다. 요즘은 왜倭의 말을 연구한다고 들었습니다."

"장하다! 앞으로 외교의 교린交隣에 있어 가장 중시되어야 할 것이 바로 역학이니라. 계속 정진 하여라."

"명심하겠습니다. 숙부님! 그래서 올리는 말씀입니다만 요즘 왜관倭館의 장사치들이 심상치 않습니다. 그들이 쑤군거리는 대화에 귀를 기울이다 보면 놀라운 사실이 많습니다."

이순신의 표정은 밝지 않았다. 그도 역시 여러 경로를 통해서 듣고 있는 소문이었다. 둘째 이울이 재촉했다.

"놀라운 사실이란 게 뭡니까?"

이분은 잠시 말문을 닫았다. 이순신의 신색이 편치 않음을 발견했기 때문이다. 이순신은 혹시나 노모에게 걱정을 끼칠 것이 두려워서 주의하고 있을 따름이었다. 그러나 오히려 변 부인이 이순신을 대신했다.

"수사께서도 이미 알고 있으시다. 왜인들이 난리의 조짐을 보이고 있다는 것이 아니냐?"

이분은 다소곳하게 인정했다.

"예… 할머님. 그래서 왜관의 활동이 점차 위축되고 있으며 일본국에서는 각 영주들에게 군사 동원령을 내렸으며, 한 편으로는 조총을 대량 생산 하고, 또 초석硝石을 구입하느라 경황이 없습니다."

이완이 눈만 껌벅이며 듣고 있다가 물었다.

"초석이 뭐야?"

이회가 조용히 알려줬다.

"화약火藥을 만들기 위한 일종의 재료야."

이완은 이해가 되지 않았다.

"화약은 또 뭐고?"

이순신은 가족들에게 전란의 징조에 대해서 이야기를 나누는 것이 부담이었다. 그렇지만 노모 변 부인은 요점要點을 비켜가지 않았다.

"수사는 깨달아야 할 것이오. 파격 임용의 배경에는 그에 합당한 책임이 존재함을 명심해야 합니다."

이순신은 매우 담담한 태도로 노모의 말을 새겼다.

"예… 어머님!"

삶의 궤적은 예고가 없기에 언제나 치열하게 달려들었다. 적어도 이순신의 길은 그랬다. 평범한 일상이 그에게서는 결코 평범하지 않았다. 그것은 마치 보이지 않는 운명運命의 계시啓示와도 같았다. 결코 편안한 일을 원하지 않은 것은 아니었는데 언제나 그의 선택은 편안하게 마무리 되지 않았다. 어쩌면 이러한 그의 순탄치 않은 삶은 그를 매일매일 단련시키고 있는 것은 아닐까. 때로 이순신은 자신에게 묻고 대답했다. '나는 어떤 존재인가?' 그리고 돌아오는 답은 늘 한결 같았다. '난 이순신이다' 그것이 견디기 어려운 중압감으로 환청幻聽이 되어 남해 바다를 뒤덮을 때마다 이순신은 신음했다. 그 아픔으로 이순신은 살아 있었다.

* * *

덜컹거리는 함거는 이순신의 육신을 마구 잡아 할퀴고 있었다. 이순신은 희미해지는 눈을 부릅뜨며 통제사의 지위에 오르던 지난날을 기억해냈다. 어머니 변씨와 일가들이 얼마나 자랑스럽게 생각했던가. 하지만 이제는 상황이 완전하게 달라졌다. 선조에 의해서 극형을 당하게 된다면 어찌 될 것인가? 혼자만의 문제가 아니었다. 장성한 자식들과 조카들의 장래는 그야말로 먹구름이 아니겠는가. 더구나 연로한 어머님은 이순신의 근심이었다.

"어머님, 불효자식을 용서하소서."

모친 변씨 부인이 금방이라도 이순신의 손을 잡아줄 것만 같았다. 그리고 다정한 목소리로 자식에게 용기를 불어넣었을 것이다.

"두려워하지 마라. 군주를 향해 올바르게 처신했다면 반드시 생로生路가 있으리라."

"그렇지요? 어… 머… 니!"

막막한 환상 속에서 이순신은 바싹 말라 터진 입술을 달싹였다. 불쑥 표주박 하나가 함거의 창살 사이를 비집고 들어왔다.

"아버님, 드시지요."

둘째 울이었다. 그는 줄곧 이순신이 체포되었던 당시부터 작금에 이르기까지 뒤를 따라왔다. 그 아들뿐이 아니고 사야가 김충선과 전 종사관 정경달도 이순신의 함거檻車와 동행하였다. 아들 이울이 죄수의 신분이 되어버린 통제사 이순신에게 물을 마실 수 있도록 허용된 이유는 정경달의 수완 때문이었다. 이순신을 이송하는 금부도사에게 정경달은 바싹 달라붙어서 회유와

권고, 뇌물 공여 등 자신의 모든 역량을 동원하여 간신히 허락을 받았다. 지금도 그는 금부도사와 나졸 등에게 막걸리 사발을 돌리고 있었다. 막간의 휴식이었다.

이순신은 표주박의 물로 갈라진 입술을 적셨다.

"여기가 어디쯤이냐?"

"내일이면 탄금대에 도달할 것으로 생각됩니다."

탄금대는 1592년 임진왜란 때 무장 신립이 왜군과 치열한 접전을 벌였던 전투지였다. 배수의 진을 치고 항전했던 장소였으나 끝내 적의 도발에 굴복하여 신립 장군은 스스로 강물에 투신한 슬픈 역사의 현장이기도 했다.

"우리에게 좋지 않은 장소로구나."

이순신의 탄식을 사야가는 놓치지 않았다.

"불길한 탄금대입니다."

사야가의 친구이며 이순신의 둘째 이울은 이맛살을 찌푸렸다.

"아버님, 어떤 우려가 있으십니까?"

이순신은 지그시 눈을 감았다.

"꿈자리가 매우 뒤숭숭할 따름이다."

사야가 김충선은 금부도사 일행을 힐끔 살피면서 목소리를 낮추었다.

"왜의 관백이 심상치 않습니다. 그가 소 요시토시를 소환했습니다."

"대마도주를?"

"소생이 대마도주를 좀 알고 있습니다. 그는 매우 놀라운 인물입니다. 왜의 관백이 대마도주 소 요시토시를 불러들인 연유가 있을 겁니다."

김충선의 보고를 들으며 이순신이 반응했다.

"그자에 관한 소문은 오래전부터 들었다. 조선에 대한 정보가 광범위하게 그의 손아귀에 있다고 하더군. 왜의 조선 정벌에 대마도주 소 요시토시는 핵심 인물이라고 할 수 있지."

사야가는 이순신의 판단이 예리하다는 것을 새삼 느낄 수 있었다. 그는 보고를 서둘렀다.

"그렇습니다. 소 요시토시가 관백 도요토미 히데요시의 부름을 받았습니다. 짐작이오나 그는 남쪽 바다를 장악할 수 있는 묘수를 생각지 못한다면 재침이 위험에 질 공산이 농후하다는 판단을 하고 있을 것이옵니다."

이순신과 그의 둘째 아들 이울은 긴장하는 빛이 역력했다.

"제대로 설명해 보게나."

이울의 재촉을 받은 사야가 김충선은 망설임이 없었다.

"아마도 왜의 관백은 이순신 장군의 제거를 위한 방책을 요구했을 겁니다."

"그게 무슨 소리인가?"

"살생부殺生簿 입니다!"

죽음의 인명부란 말에 이순신을 물론이고 이울은 경악의 표정을 감추지 못했다. 사야가는 매우 신중했다.

"장군을 암살하기 위한 살생부가 하달되었을 것이 분명합니다. 소 요시토시에게 다른 선택은 없을 것으로 사료 됩니다."

"이번 모의가 그에게서 나왔다는 것이군."

이울은 소 요시토시의 간계로 인해서 부친 이순신이 선조의 징계 대상이 되었음을 단정했다. 김충선도 동의했다.

"항간의 소문에는 가토의 첩보를 조선 조정에 전달한 인물이 요시다라고 했으나 그건 신분을 감추기 위해서 사용된 거짓 이름이고, 소 요시토시만큼 조선 정국이나 조선어에 능통한 위인은 없습니다."

이울은 경직된 이순신의 표정을 살폈다.

"친구의 말이 일리가 있습니다."

"그들은 장군을 수장시키기 위해서 가토의 부산 입항을 선조에게 흘린 것입니다. 물론 함정이었지요. 장군께옵선 그들의 모략을 미리 간파하시고 행동하지 않으셨습니다. 실로 옳은 결정이었습니다. 그러나……"

"그러나 지금은 이런 몰골이 되었지 않냐."

이울은 울컥 뜨거움이 목구멍으로 치솟았다.

"반드시 아버님의 무고가 밝혀질 것이옵니다."

사야가 김충선의 눈에서 서늘한 기운이 뿜어졌다.

"바로 그거야!"

이울은 탄식하는 김충선에게 고개를 돌렸다. 자연 함거 안의 이순신도 사야가 김충선을 주목했다.

"그거라니?"

"장군의 뒤에 누가 계신가? 영의정 유성룡 대감이 있지 않은가."

틀린 말은 아니었다. 유성룡은 이순신에 대한 절대적 지지자였다. 그가 존재하기에 오늘의 이순신이 있다고 해도 과언이 아니었다.

"그렇기는 하지만……"

"그래서 장군이 위험한 것일세."

이울은 고개를 갸웃거렸다. 사야가 김충선의 의도가 정확히 이해되지 않았다. 이순신은 자신에 관한 이야기임에도 불구하고 지그시 눈을 감았다.

"무슨 뜻인가?"

"의금부에 감금되어 추국이 있기는 하겠으나 진상이 드러나서 무죄로 석방되실 것일세. 영상 유성룡 대감이 해내실 것이야. 문제는 그 점을 적들도 알고 있다는 것이지. 특히 조선에 정통한 소 요시토시가!"

"능히 그자라면."

"따라서 소 요시토시의 막후 행동이 위험하단 것이야. 지극히."

비로소 아들 이울과 당사자 이순신은 사야가 김충선이 말하고자 하는 의중을 파악할 수가 있었다.

"소 요시토시가 장군을 노리고 있다는 말이로군."

"통제사 이순신이 남해의 근심이라고 왜의 관백은 생각하고 있지. 소 요시토시를 불러서 어떤 밀명을 내렸을까? 그건 누구도 짐작할 수 있지 않겠나? 조선의 전쟁을 끝내기 위해서 가장 우선 해결해야 할 일이 바다를 장악해야 하는 일이라고 임진년에 철저하게 교훈을 얻었어. 도요토미 히데요시는.”

이울은 모골이 송연해진다는 말을 실감하고 있었다. 사야가는 평범한 조일인(조선+일본)이 아니었다. 그가 알고 있는 이 청년은 무예와 지략이 탁월했고 무엇보다도 치밀한 성품이었다. 게다가 그는 왜의 간자로 활동한 이력이 있었다. 그의 추측은 단지추측에 그치지 않을 것이란 생각이 엄습했다.

‘아버님이 위험하다!’

이울은 긴장감으로 등골에 땀이 배어 나옴을 느꼈다. 소 요시토시가 이순신 장군을 표적으로 삼고 있다면 문제는 매우 심각하다. 어린 나이에 대마도주가 되어 조선으로부터 녹봉을 챙긴 위인이다. 게다가 그자는 왜군의 조선 침략 선봉장이었던 고니시 유키나가의 사위로 참전하였다. 반듯한 용모 뒤에 숨겨진 냉혹함을 상기하고 이울은 치를 떨었다.

“충선, 만일 그들이 아버님을 노린다면?”

“한성에 도착하기 이전이겠지.”

이울의 마음은 불안감으로 가득 차올랐다. 마치 금방이라도 소 요시토시의 무리들이 습격해 올 것만 같아서 당황스럽기까지 하였다.

“어떻게 방비를 해야 하는가?”

사야가 김충선은 초조한 모습의 이울과 다소 담담한 표정의 이순신 장군에게 단호함을 내비쳤다.

“준비를 끝냈네.”

사야가 김충선은 당당하였다. 그는 담대하였고 불안한 기색이라고는 전혀 보이지 않았다. 이울은 그것이 김충선의 장점이라 여겼고 닮고 싶은 부분이기도 하였다. 이울은 그를 신뢰했고 마음의 안정을 찾을 수 있었다. 이순신은 침묵했으나 그의 동공은 새파랗게 광채를 숨기고 있었다.

'살생부에 이름이 올랐다는 말이지, 나 이순신을 제거하기 위해서! 조선의 왕도 내가 표적이고 왜의 관백도 내가 목표라니…… 실로 가소롭구나.'

금부도사의 탁한 목청이 울려왔다.

"자아, 이제는 그만…… 휴식을 멈추고 출발하자."

7장

이
순
신
의
생
과
사

맑다.

옥졸獄卒이 봄날의 햇살과 꽃향기를 전해 준다.

동백섬의 향기가 통영, 진주, 남원을 거쳐 전주와 공주로

내 함거를 따라 왔는가 싶다.

영어囹圄의 몸이 되니 마음이 조급하다.

혹여 적들은 이 아름다운 봄의 바다를 피로 물들이지나 않을지.

나의 남해 바다는 부디 무사해야 하리라.

- 이순신의 심중일기 1597년 정유년 3월 3일 계사 -

　소 요시토시는 암살조暗殺組를 편성했다. 자신을 포함하여 21명으로 구성하고 7인은 일본인 복장, 나머지 14명은 조선 관군과 의병으로 변복을 시도하여 신분을 감추었다.

　그들은 이순신의 이동 경로를 따라서 밤과 낮을 가리지 않고 행군했다. 그리고 마침내 초저녁 그들은 탄금대로 향하는 충주의 어느 한적한 언덕을 내려가고 있는 이순신의 함거를 발견하기에 이르렀다. 소 요시토시는 서두르지 않았다.

　"드디어 만났구나."

　조선 관군으로 변장한 소 요시토시는 일본군 포로들을 압송하는 흉내를 내면서 외부인의 눈을 속이고 있었다. 그의 손짓에 따라서 일단의 무리들은 행렬을 멈추었다. 지나가던 백성들은 일본군 포로들을 향해서 삿대질을 하고 욕설을 퍼부었다. 그들 중에는 돌팔매질을 하는 사람들도 있었다.

　"은혜를 모르는 짐승 같은 놈들, 저 놈들이 내 누이를 끌고 갔다!"

"우리 아버님은 진주성 전투에서 장렬히 전사하셨지."

"육촌 당숙이 유명한 도자기 장인인데 행방불명이야. 저 왜놈들이 포로로 압송한 것이 분명해!"

소 요시토시는 유창한 조선어를 구사했다.

"자자, 멈추시오. 우리 임무는 이 자들을 한양까지 압송하는 것이요. 아마도 사흘 안에 는 모두 목을 베어 효수할 터이니 기다리시오."

어느 누구도 소 요시토시를 일본인이라고 생각하는 사람들은 없었다. 그는 몰려드는 행인들을 만류하고 변복을 한 조선 관군에게 지시했다.

"서둘러라. 의금부에서 추국할 것이로다."

"예이, 선전관 나리!"

그들은 7명의 왜인 죄수들을 포승줄로 연결하여 이동을 시작했다. 좌우로 네 명씩 여덟 명이 호위하고 전방에 삼인, 후방에 삼인이 포로 이송을 주관했다. 맨 앞장 선 것은 소 요시토시다. 바로 그때였다.

"소 요시토시, 그대가 언제 조선의 중요 직책을 맡게 되었는가? 실로 궁금하군."

소 요시토시는 말 위에서 낙상할 정도로 기겁하였다. 누가 자신의 이름을 이라도 확실하게 불러주는가? 조선인으로의 변신이 들통 나고 말았다. 그의 입술을 비집고 욕설이 튀어나왔다.

"빌어먹을, 젠장 할!"

일본인들이 즐겨 사용하는 '칙쇼(짐승, 개자식 등)'가 아니고 버릇대로 조선말이 먼저 튀어나왔다. 그는 어쩌면 대마도의 조선인이었다. 소 요시토시는 잔뜩 긴장하며 전면을 노려봤다. 두 필의 말이 그들의 행렬을 가로 막으며 인파 사이로 유유히 등장했다.

"사야가?"

소 요시토시의 입에서 경악성이 터졌다. 과연 사야가 김충선이었다. 그의 곁에는 건장한 체구에 눈매가 좌우로 찢어지고 화승총과 단창으로 무장한 청년이 동행하고 있었다. 그 정체모를 청년 무장의 신분을 소 요시토시는 알고 있었다.

"내 이름은 불러주지도 않는군."

상대방이 기선을 제압하려는 듯이 먼저 내뱉었다. 소 요시토시는 침을 꿀꺽 삼켰다. 그리고 신음처럼 그의 이름도 나직이 불러주었다.

"서아지, 실로 둘 다 오랜만이로군."

서아지라고 지명된 사내는 사야가 김충선과 동일한 항왜 장수로 일본의 타이부교太奉行(간자 양성기관) 출신이었다. 일반적으로 차출된 일본 각각의 성에 소속되어 있던 무장들과 다르게 분류되어 있는 서아지의 무예는 측정이 불가능하다고 소문이 나 있었다.

"우리는 그대가 저지르고자 하는 일을 알고 있다."

서아지의 냉랭한 말투가 소 요시토시의 고막에 거슬렸다.

"그대들이 가로 막을 심산인가?"

사야가 김충선은 추호의 두려움도 없었다.

"아니라면 우리가 여기에 머물 이유가 없지."

"감히 우리를 저지할 수 있다고 생각하는가?"

서아지가 푸들푸들 웃었다. 그의 웃음에는 기이한 살기가 번뜩였다. 단지 웃었을 뿐인데 공포감이 소 요시토시의 가슴을 무섭게 헤집었다.

"믿지 못하겠단 말이지."

서아지는 단창의 한쪽 면을 자신의 손바닥 위로 '탁, 탁,' 소리가 나도록 두들겼다. 그것은 일종의 신호였다. 거리를 오가는 행인으로 생각했던 인물들 중에서 일부가 어슬렁거리면서 각자 모습을 드러내고 있었다.

"변장은 그대들만 하는 것은 아니지."

"사야가는 그대, 소 요시토시의 행적을 이미 예측하고 있었지. 당연히 준비를 하고 있지 않겠나."

소 요시토시는 상대해야 할 매복 병력에 대해서 재빨리 눈알을 굴렸다. 사야가와 서아지를 포함하여 10명 내외였다. 그 정도 인력이라면 도발의 가능성은 충분했다. 그러나 문제는 그 인원 외에 더 숨겨둔 병력이 없으리라는 보장이 없다는데 있었다. 사야가 김충선의 치밀함을 소 요시토시는 일찍이 임진년에 경험한 바가 있었다. 그는 조선에 도착한 직후 막하 부하들을 이끌고 당시 직속상관이며 조선 정벌의 선봉장이었던 가토 기요마사를 완벽히 기만했다. 사야가 김충선의 투항은 전격적이면서도 매우 치밀했다.

'사야가는 본래부터 범상치 않은 놈이었다.'

소 요시토시는 경거망동할 수 없었다. 상대는 자신이 어떤 임무를 지니고 행동하는지를 이미 간파한 자가 아니던가. 사야가 김충선은 소 요시토시와 그 암살자들을 노려봤다.

"우린 그래도 한때 친분이 깊은 관계였던 점을 감안하여 기회를 주겠다. 지금 당장 물러간다면."

소 요시토시가 선택할 수 있는 길은 오직 두 가지 뿐이었다. 사생결단을 내던가 아니면 후퇴해야 하는 일이다.

번민은 짧았다. 소 요시토시는 부하들에게 명령했다.

"호송 목적지를 변경한다."

조선 군사로 변복했던 일본인들은 재빠르게 행동했다. 그들은 매우 영악한 위인들이기 때문에 목전의 사태에 대해서 누구보다도 예민했다. 소 요시토시의 조원들은 꽁무니를 빼기 위해 서둘렀다. 이 상황이 마음에 들지 않는 것은 누구보다도 서아지였다. 그는 불평을 토해냈다.

"이건 아니지."

서아지는 수중의 단창을 움켜잡았다. 사야가 김충선은 항왜 친구의 어깨를 붙들었다.

"물러서게."

"사야가, 너는 이미 공을 세워서 조선에 인정받고 있으나 난 아직 일개 항왜에 불과하다고. 이런 기회를 놓치고 싶지 않다."

서아지는 그대로 말허리를 박차며 소 요시토시를 향해서 질주해 나갔다. 미처 사야가가 만류할 틈도 없었다. 소 요시토시는 화들짝 놀랐다. 이순신을 암습하기 위해서 출동했으나 오히려 위기를 맞이한 꼴이었다.

"막아랏!"

소 요시토시는 타이부교 출신의 서아지를 두려워했다. 서아지 뿐만 아니고 일본의 간자 양성소를 통과 했다는 것은 일반 무사와는 격이 다르다는 것을 알고 있기 때문이었다. 소 요시토시를 보호하기 위해서 세 명의 병사가 서아지를 가로 막고 위해 나섰다.

서아지는 벼락같은 고함을 내질렀다.

"물러가라!"

말을 휘몰아치며 그의 단창이 공간을 갈랐다. 병사들은 각기 창과 칼로 서아지의 공격을 봉쇄하려고 하였다. 하지만 서아지의 용력은 과연 대단했다. '타탕!' 하는 소음이 발생하며 소 요시토시 측의 창과 칼이 팅겨나가는 것이 아닌가. 동시에 서아지의 단창 끝이 병사 일인의 목을 꿰뚫어버렸다.

"으아악!"

칼을 쥐고 있던 병사 한 명이 목을 움켜쥐고 뒤로 주르르 물러났다. 그의 손가락 사이로 붉은 피가 주르르 끊임없이 흘러나왔다. 서아지는 거기서 멈추지 않았다. 다른 두 명의 병사들에게도 단창을 휘둘렀다. 소 요시토시는 기겁을 하며 부하들에게 지시했다.

"달아나라."

어설프게 포박당한 시능을 하고 있던 일본인들과 조선 병사 차림의 무리들이 산개하기 시작했다. 서아지는 더욱 미친 듯이 날뛰었다.

"저들을 놓치지 마라! 감히 이순신 장군님을 습격하려고 잠입했던 작자들이다."

사야가 김충선과 서아지가 이끌고 온 인물들이 저마다 화승총을 꺼내어 도주하려는 적들을 조준하였다. 서아지는 망설이지 않았다. 그의 입에서 발포 명령이 떨어졌다.

"사격하라-!"

'탕---! 타-앙!'

갑자기 총성이 울리면서 죄수들과 그들을 호송하던 변복의 조선 병사들이 비명을 내지르며 지면으로 나뒹굴었다. 고즈넉하던 충주 자락의 마을 길가에 소란이 발생했다. 소 요시토시의 판단은 빨랐다.

'기왕에 몰살당할 것이라면!'

그는 대마도의 도주 신분이며 고니시 유키나가의 사위이다. 임진년에는 장인을 따라 한양까지 점령했던 전력의 소유자로 평범한 위인은 아니었다. 소 요시토시는 즉각 자신의 화승총을 들어 올려 심지에 불꽃을 당겼다.

그가 겨냥한 것은 항왜 장수 서아지였다. 격발과 동시에 거구의 상대방은 이마에 구멍이 뚫릴 것이었다. 이 장면을 목격한 것은 사야가 김충선이었다.

"위험해!"

사야가 김충선은 다급한 마음에 신형을 날려 서아지의 목을 휘감아 함께 지면으로 떨어졌다.

'타앙--'

탄환은 서아지의 뒤편 나무 기둥에 깊숙이 박혀 뿌리를 내렸다. 가까스로 위기를 모면한 서아지가 소 요시토시를 분노의 눈초리로 노려보았다. 그러나 소 요시토시는 그를 외면하고 사야가 김충선에게 시선을 돌렸다. 그의 개입으로 서아지를 제거하지 못했다는 아쉬움이 역력했다.

"너, 거기 있어봐라!"

서아지는 당장에 소 요시토시를 요절내고자 했다. 하지만 그는 재빠르게 말을 몰아서 장내를 빠져나갔다. 사야가 김충선은 달아나는 대마도주 소 요시토시의 뒷덜미를 그저 물끄러미 바라보고만 있을 뿐 추격은 하지 않았다.

* * *

이순신은 총성을 들었다. 의금부 도사와 나졸들도 즉각적으로 반응했다. 조일 전쟁은 지난 수년간 소강 상태였으나 종전 상황은 아니었다. 전시에는 항상 예기치 못한 사태에 직면하게 된다. 종사관 정경달이 불안한 안색이었다.

"설마?"

그는 잠시 자리를 비운 사야가 김충선의 행적에 대해서 궁금증을 자아냈다. 이울이 고개를 끄덕이며 조심스럽게 내비쳤다.

"사야가가 후방을 감시하고 있어요. 만일의 사태를 대비해야 한다고 항왜들을 일부 동원했지요."

정경달은 그 젊은 사야가 김충선애게 그런 경륜이 나올 수 있다는데 대해서 탄복했다.

"그렇다면 정말 어떤 사달이 일어난 것이란 말인가?"

이들이 대화를 나누고 있을 때 의금부 도사가 달려왔다. 그의 표정은 상당히 심각하게 굳어 있었다.

"총성을 들으셨소?"

"그렇습니다."

의금부 도사는 이순신의 수하이던 전 종사관 정경달의 호탕한 변죽으로 인해서 그동안 제법 친분이 쌓여 있었다. 그는 경계심이 가득한 음성으로 물었다.

"혹시 왜군들이요?"

"내가 한번 확인하고 돌아올 터이니 장군님을 잘 부탁하오."

정경달은 의금부 도사에게 고개를 끄덕이며 이울에게도 눈짓을 보냈다. 돌아올 동안 이순신을 방비해 달라는 무언의 시선이었다.

"여기는 걱정 말게. 어떤 상황인지 빨리 다녀오게나."

그들은 마치 오래된 전우인 양 서로에게 당부했다. 이순신은 함거 내부에서 주의를 잊지 않았다.

"종사관……"

정경달은 이순신의 고독한 목소리에 눈물이 핑 돌았다. 항상 의로움에 사로 잡혀있던 기도가 서려있는 목소리가 아니었다. 여러 날을 함거에 머물고 있지 않은가. 지칠 만도 하였다.

"부르셨습니까?"

정경달은 함거 가까이 접근하였다. 의금부 도사는 외면하며 이순신과 정경달의 대화를 은연중에 허락하고 있었다.

"조심해, 그리고 사야가를 지켜주게."

정경달은 물론이고 이울 역시도 생각지 못했던 이순신의 주문이었다. 이순신이 항왜 신분의 왜인 김충선을 마음에 두고 있다는 뜻이 아니겠는가. 이울은 드디어 부친이 마음을 열어 김충선의 뜻을 받아 드리는 것이 아닐까 싶었다. 가슴이 두근거렸다. 사야가 김충선의 그때 절규가 환청처럼 들려오며 가슴을 격탕시켰다.

장군은 어찌 왕을 장군의 왕으로만 섬기려 하시는 겁니까? 지금의 왕은 본인, 자신 만의 왕이십니다. 장군을 위한, 백성을 위한 왕이 아니시란 말입니다! 새로운 조선을 건국할 수 있습니다. 왜적에게 치이고, 명나라에 빌붙고 여진족에게 무시당하는 조선이 아닌 강하고 당당한 나라 조선을 말입니다!

이울의 심장이 걷잡을 수 없도록 뜨거워졌다. 사야가 김충선의 정곡을 찌르는 말 한마디 한마디가 뼛속으로 사무쳐 드는 것만 같았다. 그때였다. 사야가 김충선이 말을 몰아 나타났다. 그쪽 방향으로 떠나려던 정경달과 이울의 표정이 다소 밝아졌다. 김충선이 무사하다는 것에 안도하는 모습이었다. 전 종사관 정경달이 마음이 급했다.

"총소리가 울렸는데 무슨 일이 발생했소?"

김충선은 나직한 목소리로 사태를 전달했다.

"적의 암습조가 출현했었습니다."

그의 음성은 저녁 해질 무렵의 노을처럼 고즈넉했으나 함거 안의 이순신은 물론이고 다소 떨어져 있던 의금부 도사의 귀에도 똑똑히 들렸다. 의금부 도사 박수복은 가슴이 철렁 하였다.

"왜군이 나타났다는 말이요?"

정경달의 이맛살이 사정없이 좁혀졌다.

"장군을 노리고서?"

이울은 사야가 김충선의 놀라운 예측에 대해서 감탄하지 않았다. 이미 그는 임진년부터 충분히 역량을 발휘해 이울을 감동시켜왔기 때문이었다. 사야가 김충선이란 인물은 능히 그런 재능을 소유하고 있었다. 그러나 의금부 도사와 정경달은 달랐다. 특히 의금부 도사 박수복은 비명에 가까운 탄식을 토해냈다.

"왜군들이 통제사 영감을 노리고 왔단 말입니까? 그래요?"

김충선은 그를 안심 시켰다.

"저의 동료 항왜 장수들이 물리쳤습니다. 도주하였으니 이제 심려하지 않으셔도 될 듯합니다."

이울은 사야가 김충선에게 눈짓을 보냈다. 이순신에게 상황을 전하라는 무언의 시늉이었다. 김충선은 이순신의 곁으로 다가갔다.

"우려한 대로 암습조가 왔었습니다."

"훗, 옥살이를 하러가는 내가 그리도 두려운 존재였던가?"

이순신의 자조 섞인 목소리의 비애를 느끼며 사야가 김충선은 입술을 가볍게 씹었다.

"장군은 적들에게 무한대의 공포를 주시고 계십니다. 남해 바다의 수호신 아니십니까."

"이렇게 무력한 수호신을 본 적이 있는가?"

김충선은 뜨거운 눈물이 확 치솟는 기분이 들었다. 이순신은 계속해서 잠겨있는 목청을 애써 가다듬었다.

"우리 측, 아군의 피해는 없었나? 어떠한가?"

이순신은 자신을 지키기 위해서 혹시나 김충선의 항왜들에게 어떤 불상사가 발생하지 않았는지를 먼저 염려했다. 역시 이순신다운 사려 깊은 관심이었다.

"없었습니다. 대비하고 있었기에 단숨에 물리쳤습니다."

"단숨에?"

"예, 단숨에 공략했으며 놈들은 사상자를 남기고 도주했습니다."

이순신은 단지 짧게 치하했다.

"장하다."

사야가 김충선은 또 다시 가슴이 뭉클해졌다. 이렇게 의금부로 압송되어 간다면 필경 이순신은 무사하지 못하리라. 차라리 이 기회에 의금부의 관원들을 모조리 베어버리고 탈주를 감행하는 것은 어떨까? 사야가 김충선은 살의가 스멀거리는 피의 역류를 가까스로 억제하였다.

"장군, 적의 표적에도 장군이 올라있고 왕실과 조정에서도 제거의 대상이옵니다. 대관절 어쩌자고 호랑이들도 아닌 들개 패

거리의 먹이로 전락하고자 하시는 것입니까?"

"그리 보이느냐?"

"소장의 눈에는 굶주린 들개의 우리로 그냥 스스로 뛰어들고
계시옵니다. 정녕 죽음을 작정하신 겁니까? 이토록 허망하게!"

이순신의 입가에 기이한 미소가 한줄기 스쳐갔다.

"그럴 리가 있겠느냐? 왜적을 이 강산에서 몰아내지 못하고
어찌 편안히 눈을 감을 수 있단 말이냐? 난 복귀하게 될 것이다."

그 순간 이순신의 눈에서는 신광神光이 번뜩였다. 마치 어둠의
빙벽을 녹여버릴 것만 같은 광채이기에 젊은 항왜 장수 사야가
김충선은 자신도 모르게 몸을 움츠렸다. 복귀한다는 그의 신념
이 뚜렷하게 가슴에 사무쳤다. 과연 그럴 수 있을까? 승산은 그
리 많지 않았으나 이순신에 대한 믿음은 자꾸만 깊어갔다. 이울
과 정경달이 이순신의 함거로 바싹 접근했다.

"충선이 아니었으면 큰 낭패를 당할 뻔 했습니다."

"그렇습니다. 미리 방비하지 않았다면 당하고 말았을 겁니다."

그러나 이순신은 소리 내어 치하하지는 않았다. 그는 여전히
담대했으며 변함없는 자세를 유지했다.

"경망輕妄이 굴지 말고 어서 떠나자고 금부도사에게 전달하
라."

정경달은 마지못해서 허리를 굽혀 묵례하고는 박수복에게로
걸음을 옮겼다. 이울은 부친의 담담한 태도를 이해하고 있었다.
이순신은 사야가 김충선의 젊은 역성의 혈기를 이해하고 싶지
않은 것이었다. 혹시 그에게 빌미를 제공하여 자신이 신념이 휘

손되지 않을까 긴장하고 있다는 생각까지 들었다. 그만큼 사야가 김충선은 이순신의 충혼을 뒤흔들고 있는 생생한 소신所信이었다. 그것은 시시각각 진의眞義가 되어 폐부를 깊숙이 파고들었다. 이순신은 가까스로 자기 자신을 유지하고 있었다.

　'임금이 날 외면하고 버렸다. 조정의 중신들도 일개 군부의 무관으로 치부하며 정적으로 제거하고자 한다. 왜적들 또한 나를 조선에서 최우선으로 처단하고자 혈안이 되어 있다고 하지 않은가. 난 어찌하여야 하는가?'

8장

×

유성룡의 갈등

금일 하옥下獄되다.

울도 통제영을 떠나 한성에 입성入城하였다.

억울함이 비통悲痛하여 실신失身의 지경이다.

그러나 깃털처럼 동요하지 않으리.

생사의 기로에 놓여 있으나

사대부士大夫의 수장首長들은 여전히 가소롭다.

단지 이 고요함이 그래서 초조하다.

- 이순신의 심중일기 1597년 정유년 3월 4일 갑오 -

　사야가 김충선은 육조六曹거리를 지나 무악재로 방향을 잡았
다. 이순신의 이송 함거보다도 서둘러 앞서 올라 온 연유는 하루
라도 빨리 역성혁명易姓革命을 성공하여 위태로운 이순신을 구하
는 것이 목적이었다.

　"난 기필코 해 낼 것이다!"

　그는 새벽마다 다짐했다. 아니, 눈을 뜨고 있을 때와 눈을 감
고 잠을 청할 때에도 이 사내는 주문처럼 암송했다.

　"이순신, 조선의 아버님을 구해 낼 것이다!"

　귀화한 왜인 철포대장 사야가 김충선의 집념은 놀라운 것이
었다. 이러한 사내가 아니라면 결코 조국 일본을 배신할 수가 없
는 것이다.

　"진정한 영웅의 나라! 이순신의 나라를 세울 것이다!"

　한성에 입성한 후 김충선은 지난 7년 간 조선에서 교류했던
인맥을 하나씩 들춰내어 접촉하기로 했다. 그리고 제일 먼저 승

정원의 주서注書로 근무하고 있는 구대일具大一을 만나기로 한 것이다. 그는 한때 한성의 기방妓房에서 주색잡기로 세월을 보내던 화류계의 친구였다.

"여기일세!"

구대일은 반갑게 손을 흔들었다. 의관을 제대로 갖춰 입은 그에게서는 예전의 풍류를 즐기던 호색의 기질은 전혀 엿보이지 않았다. 김충선이 상대의 아래 위를 훑어봤다.

"선비는 하루를 보지 않아도 달라진다고 하던데… 자네를 두고 하던 말인가?"

"그런 말이 있었던가?"

김충선이 유쾌하게 웃으며 구대일의 어깨를 두드렸다.

"내가 지어 낸 말일세. 하하하!"

"예끼, 이 친구… 여전히 사람을 놀리는 재주는 타고났어."

그러나 김충선은 진지하게 다음 말을 이었다.

"하지만, 몰라보게 달라졌어. 누가 구대일이 이토록 멋진 장부가 되리라고 생각했겠나? 개망나니 일구一狗는 감쪽같이 사라지고."

구대일은 과거의 일을 들춰내자 펄쩍 뛰었다.

"사람을 그리 잡나! 기억 못하는 일일세. 그리고 알고 있겠지만 어디 내 신분이 보통인가?"

김충선이 짐짓 엄살을 부렸다.

"옳거니. 승정원의 정 7품이 아니신가? 주서나리, 몰라 뵙고 죽을죄를 지었나이다. 부디 용서 하소서."

"이 친구야, 그리 말하는 자네야 말로 성상께서 직접 자헌대부
資憲大夫와 성명까지 하사하시지 않았는가?"

김충선은 화류계의 친구이던 구대일이 이미 자신의 신분을
알고 있다는 것에 대해서 그리 놀라지는 않았다.

"내가 관직을 받은 것을 알고 있으면서도 숨어 지냈는가?"

"숨어 지내기는, 그저 전란 중이라 정신없이 바빴을 뿐이지.
그리고 몇 차례 자네를 만나고자 했으나 행방을 수소문하기가
쉽지 않았어."

그러고 보니 결격 사유는 김충선 본인에게 있었다.

"그렇군. 지방군과 의병진에 조총 사용법을 지도하느라 제정
신이 아니었다네. 미안하군."

구대일은 오히려 감격의 표정을 감추지 않았다.

"조선을 위해서 그런 노고를 감당했거늘, 감사는 내가 해야지."

그들 친구는 서로의 안부를 나누면서 어깨를 나란히 하고 무
악재 입구의 정자亭子에 마주 앉았다.

"그래, 당상관 나리께옵서 미천한 이 사람을 찾은 까닭이 무엇
인가?"

"몰라서 묻는 건가? 아니면 일구답게 꼬리를 감추는가?"

구대일은 언중유골言中有骨의 한 마디에 그만 꼬리를 드러내어
놓는다. 그는 이미 눈앞의 항왜인에 대하여 누구보다도 많은 정
보를 지니고 있었다. 또한 지금의 신분에 자신이 오를 수 있도록
도움을 준 과거를 잊지 못하고 있었다.

"이순신 통제사를 구명求命하러 왔겠지. 그것이 아니라면 아직

도 전란이 멈추지 않았는데 자네가 한성에 올라왔겠는가?"

역시 구대일도 관리이기 때문에 소문을 알고 있었다. 김충선은 단도직입單刀直入으로 부탁했다.

"날 좀 도와줘야겠어."

김충선은 말을 돌리지 않았다. 승정원 주서 구대일은 잠시 김충선의 강직한 얼굴을 올려다봤다. 그리고 품안을 뒤적이더니 문건 한 장을 꺼내주었다.

"보시게."

김충선은 곱게 접혀진 종이를 받았다.

"이것이 무엇인가?"

"도움이 될 런지는 모르겠으나 통제사를 구원하기 위해서 필요할지도 모른다고 생각해서 가져왔네. 알다시피 말단 관직의 내가 할 수 있는 최선이야. 물론 이걸로 자네에게 진 신세를 모두 갚을 수는 없지만 말일세."

구대일은 이미 김충선이 만나자는 전갈을 받은 직 후부터 그가 원하는 것이 무엇인지 짐작하고 있었던 터였다.

"이…… 이것은?"

"어제 상감께서 제수 하셨네."

그가 넘겨준 문건은 놀랍게도 하루 전에 왕 선조가 관직을 제수한 중신들의 명단이었다.

이항복李恒福을 병조판서
김명원金命元을 형조판서

이덕형李德馨을 공조판서

김수金晬를 호조판서

심희수沈喜壽를 지중추부사知中樞府事

이유중李有中을 예조 참의

정광적鄭光績을 승정원 우승지

권경우權慶祐를 사간원 헌납

이상의李尙毅를 사헌부 집의

승정원의 주서 구대일은 낮은 자세로 은밀히 말을 전달했다.

"그들을 회유해야 통제사를 구명할 수 있을 것일세. 물론 내가 줄을 댈 수 있는 당상관은 없고. 면목 없군."

사야가 김충선은 진심으로 미안해하는 구대일을 향해서 환하게 미소를 보내 주었다.

"무슨 소리야? 이 얼마나 훌륭한 자료인가? 고맙네. 이들 신료臣僚중에 혹 쓸 만한 사람은 있는가? 그래도 평판이 좋은 중신重臣 말일세."

구대일은 신중한 기색이었다. 과연 그는 젊은 시절과는 아주 다르게 변해 있었다. 어쩌면 6년에 접어드는 왜란이 미친개와 다름없던 한량閑良을 변화시켜 놓았는지도 몰랐다.

"아마 몇 명은 자네도 잘 알고 있을 걸세."

사야가 김충선은 고개를 끄덕여 긍정을 표시하며 병조판서로 내정된 이항복을 지명했다.

"오성 대감! 권율 도원수의 영서令婿!"

"신뢰할 수 있는 명문 가문이며 영특하고 분별력이 있는 어른 이시지. 경인년에 자네도 만났었지 않은가?"

사야가는 부인하지 않았다. 그때는 귀화歸化하기 전이었고 자신의 신분을 극비리에 감추고 행동하던 시기였다.

"그래."

"조선의 병권을 장악한 판서에 올랐으니, 통제사 이순신 장군의 구명을 청한다면 혹시 방법이 있지 않겠는가?"

승정원의 관리 구대일은 사야가 김충선이 원하는 나라를 감히 상상도 못하고 있었다. 김충선은 그와 헤어지기에 앞서 수중에 잡히는 대로 은자를 꺼내 구대일의 손에 쥐어 주었다.

"다시 만날 때는 예전의 기방으로 하세."

그러자 구대일은 화를 버럭 냈다.

"치우게! 날 친구로 생각한다면 이건 아주 큰 모욕 일세."

구대일은 확실히 달라져 있었다. 친구의 강경한 태도에 놀라 김충선은 슬며시 은자를 회수하였다.

"무안하게 왜 이러는가?"

"내 어찌 지난 경인 다음 해인 신묘년辛卯年에 자네에게 졌던 은혜를 잊었겠는가? 그때의 도움이 아니었다면 난 이미 살아있는 목숨이 아니었을 거야."

임진년壬辰年 왜란이 발생하기 한 해 전인 신묘년에 구대일은 술에 만취하여 지나가는 양반댁 규수를 기방의 기녀로 착각하여 희롱한 일이 있었다. 일이 잘못 되려니까 그 광경이 포청의 종사관에게 그만 목격되어 그 자리에서 감옥으로 끌려가는 신

세가 되었다. 사대부 여인을 희롱한 죄는 쉽게 용서 받을 수 있
는 사안이 아니었다. 적어도 장독杖毒이 오를 데까지 곤장棍杖을
맞아야 하고 감옥에서 3년은 옥살이를 해야 했다.

"끔찍한 형벌이 나를 기다리고 있었지."

그 다음 날 술에서 깬 구대일은 기절초풍을 하고 말았다. 위기
에서 벗어날 수 있는 방도가 전혀 없었던 것이다. 그는 살아가기
를 단념하고 자살自殺 이란 극단적인 방법까지 생각했었다. 이런
절망 속에서 구대일을 구해 준 것이 바로 사야가 김충선이었다.

"마침 자네의 운이 좋았어. 내가 그 양반댁 규수를 알고 있었
거든."

그들은 과거의 기억을 새삼 떠올리며 마주 보고 함께 웃었다.

"지금도 궁금한 것은 그 규수를 자네가 어찌 알고 있었던가 하
는 점일세."

"그때 내가 설명해 주지 않았었던가?"

구대일이 고개를 저었다.

"직후에 자네는 사라졌어!"

사야가 김충선은 순간적으로 매우 고통스러운 회한悔恨의 감
정을 드러내며 장탄식을 토해냈다.

"변고變故가 발생 했다네! 이미 오래전의 일이지만 생각만 하
여도 참기 어렵군."

김충선의 몸에서 가벼운 경련이 일어났다. 구대일은 몹시 궁
금하였으나 더 이상 묻지 않았다. 어떤 상처인지는 알 수 없으나
그가 자신을 친구로 인정한다면 언젠가는 토설吐說 하리라 마음

먹으며 정자에서 먼저 일어났다.

"또 봄세."

"반드시 그래야 할 것이야."

구대일은 작별 인사를 한 후에 천천히 무악재를 내려가고 있었다. 김충선은 그의 반듯한 변모에 내심 흡족해 하면서 봄의 하늘을 보았다. 그는 부드러운 햇살을 즐기고 싶었다. 봄날의 빛줄기는 마치 여인의 방심芳心과도 같다. 달콤하고 설레는 마음이 눈부시다. 이런 날은 마오真央가 그립다. 그녀의 솜털 잔잔하던 목덜미에서 풍기던 풋풋한 향내가 떠올랐다. 김충선은 잠시 회한에 잠겼다. 사야가 김충선은 항왜의 신분으로 사야가란 이름을 지니고 있었으나 실상 조선은 어머니의 나라였다. 그리고 그는 임진왜란이 발발하기 이전에 조선에 잠입해 있었다. 그는 간자間者였다. 조선의 정국을 분석하고 군대 조직을 염탐했다. 1590년 경인년庚寅年 당시에 그는 조선에 머물러 있었다. 그때 사야가 김충선에게는 어린 신부新婦가 조선에 동행하고 있었다. 그녀와 이 정자에는 단 한 번 왔던 장소였다. 사야가는 무악재의 정자 주변을 쉽게 떠나지 못하고 한동안 서성였다. 어디선가 흥얼거리는 마오의 콧노래가 들려오는 것만 같았다.

"마오……!"

사야가는 하늘을 올려다봤다. 수줍음 속에서 피어나는 한 떨기 수련 같던 그리운 얼굴이 거기 있었다. 그러나 사야가는 애써 그 얼굴을 지우고자 외면했다. 그는 군인이었다. 그리고 지금 이 순간은 이순신의 나라를 세우고자 고군분투하는 구국의 전사라고 할 수 있었다. 이순신의 참담한 몰골이 가득 채워졌다. 과거의 시간에 얽매여 있을 여유가 없다는 생각이 들자 발걸음이 바빠졌다. 친구 울과 영은문迎恩門에서 만나기로 했던 것이다.

* * *

유성룡은 깊은 한숨을 몰아쉬었다. 전란의 소용돌이 속에서도 의연하였고, 명나라의 굴욕적인 태도에도 절대 기죽지 않았으며 당쟁의 와중에서도 오늘과 같은 고뇌는 없었다.

"조선의 운명이로세!"

자신도 모르게 또 다시 한숨이 터져 나왔다. 조선의 왕 선조와의 독대는 극단적 결단을 요구하고 있었다.

"이순신은 기로에 놓여 있다."

유성룡은 자리를 박차고 후원으로 걸음을 옮겼다. 극심한 두통을 느끼며 살랑대는 봄바람에 머리를 식히고 싶었다. 뜰에는 봄꽃의 향기가 만발했으나 그의 소박한 꿈은 두 명의 방문객에 의해서 깨어졌다.

"서애 대감을 뵈옵니다. 사야가 김충선이라 하옵니다."

그 이름을 알고 있었다. 항복한 왜적 출신으로 왜란의 선봉에서 조선을 위해 맹활약을 펼쳤던 항왜인이었다. 왕은 그에게 조선의 이름과 벼슬을 주었다. 그리고 사실 만나고자 했던 인물이었다.

"강녕하시었습니까!"

젊은이는 이미 안면이 있는 통제사 이순신의 둘째 아들 울이었다. 예상치 못한 방문이었으나 불청객이라고 말할 수는 없었다. 평소 유성룡은 이순신의 둘째 울에 대하여 좋은 감정을 지니고 있었기 때문이다.

"그대들이 고생 많다."

유성룡이 위로의 말을 던지자 울이 고개를 조아렸다.

"통제사를 구해 주십시오. 오로지 대감만이 살리실 수가 있습니다."

그들의 방문 목적을 짐작하고는 있었으나 막상 대면하여 이순신의 구명 요청을 받으니 말문이 가로막혔다. 지금으로서는 손을 쓸 방도가 전혀 없지 않은가. 왕은 이미 유성룡에게 경고했었다. 이건 함정이라고 소리치고 싶은 심정이었다.

"통제사는 어떠신가?"

"지난 달 통제영에서 압송된 후 이번 달 초나흘 하옥되셨습니다. 지난 수일간 식음을 전폐하시어 매우 수척한 상태이옵고 통제영으로부터 뒤따르던 일행은 서소문 근방에 머무르고 있습니다. 이제는 어찌해야 할지 모르고……"

차마 더 이상 말을 잇지 못하고 울먹이던 울은 급기야 뜨거운 눈물을 뚝뚝 떨어뜨렸다. 그 모양이 부모를 잃고 서러워하는 자식의 모습 그대로였다. 유성룡도 가슴이 미어졌다. 김충선이 나지막한 음성을 꺼내었다.

"통제사의 무고를 주청 드리겠사옵니다."

"그리하여 해결될 수 있다면 이야 얼마나 다행스러운 일이겠는가? 그대들이 나를 찾아 온 것은 고마운 일이지만…… 해결책은 아닐세."

"영상이 아니시라면 어느 분에게 구명해야 합니까?"

유성룡은 그들을 번갈아 보면서 조심스럽게 말문을 열었다.

"나와 통제사와의 관계는 굳이 설명하지 않더라도 모두 알고 있지 않나? 만일 통제사의 구명에 나서게 되면 오히려 반대 당파인 서인을 비롯한 대신들을 필요 이상으로 자극하게 될 것이야."

유성룡은 차마 왕 선조의 경고를 들먹이지는 않았다. 하지만 그의 판단은 정확한 것이었다. 이순신을 통제사로 천거한 유성룡이니 만큼 이번 사태에 대하여 정적政敵들의 상소上訴와 음해성 탄원歎願이 얼마나 극성을 이루겠는가. 동향인인 동시에 왜와의 전쟁에서 가장 중요한 역할을 수행한 두 사람이었다. 유성룡은 통제사 이순신의 제거 후에 도사린 파국破局의 기미에 두려움을 느끼고 있는 것은 당연하였다. 적지 않은 당상관堂上官 세월을 지내 온 그로서는 권력의 무상함과 허실虛失을 누구보다도 냉엄하게 느끼고 있는 터였다.

"대감, 그리하면 어찌합니까? 통제사의 무고함을 어찌 수수방관만 할 수 있단 말입니까? 방도를 일러 주십시오."

서애 유성룡은 한숨을 몰아쉬었다.

"이번 사태는 심상치 않아."

"당연히 그렇지 않겠습니까? 남해를 완벽하게 방어하시던 통제사이십니다. 그런 장군을 한양으로 압송하였으니 이제 바다는 고스란히 왜의 수군에게 내준 것입니다. 이보다 더 심각한 일이 또 어디 있겠습니까?"

"물론 그것도 근심이나 내 말은 조정에서 바라보고 있는 통제사의 죄목일세."

울이 억울함을 하소연 했다.

"왜적의 간계에 어찌 이리 쉽게 놀아난단 말입니까? 우리 조선의 왕과 대신들이 고작 이 정도였습니까? 이건 아니지 않습니까? 대감!"

유성룡은 내심 놀라고 있었다. 평소의 울이 아니라는 생각이 들었다. 어쩌면 그는 반 조선인이던 사야가 김충선의 궤적을 동조하고 동감同感하는 것이 아닐까. 어쩌면 이들은 이미 공모를 하고 자신을 찾아 온 것인지도 몰랐다. 생각이 여기에 미치자 유성룡의 자세는 더욱 더 신중해졌다.

"언행을 주의하게나. 아직 통제사를 추국推鞫하지 않았으니 그 죄의 유무를 어찌 판단한단 말인가? 고정하게."

"솔직한 심정을 아뢰겠습니다. 소생은 조정을 믿지 못합니다. 지난 해 의병장 김덕령의 모함을 두 눈으로 똑똑히 목격했습니다. 조선의 왕권을 지키기 위해 출병하였으나 간악한 역도의 무리가 내뱉은 증언에 의해서 충신을 무참히 매질로 죽였습니다. 이제 대감에게 가해질 그 매를 어찌 감당하라 하십니까?"

"사안이 다름이야."

울의 눈에서 불꽃이 튀었다.

"절대 다르지 않습니다. 부친을 심문할 분이 뉘십니까? 좌상 육두성이 아닙니까? 바로 김덕령을 추국하였던 장본인입니다"

유성룡은 대답하지 못했다. 조선의 임금 선조는 통제사 이순신을 제거하고자 한다. 또한 왕은 스스로의 손에 피를 묻히고자 원하지는 않는다. 왕은 언제나 당쟁을 교묘하게 이용하여 자신이 원하는 방향으로 권력을 유지해 온 영악하고 치밀한 두뇌의 소유자였다. 따라서 직접 통제사를 견제하지는 않을 것이다. 그렇다면 해답은 서인의 대표적 인물인 좌의정 육두성이 적임자다. 유성룡은 마치 끝이 보이지 않는 우물 내부를 들여다 본 기분이었다. 일시에 소름이 오싹 엄습했다. 불길한 예감은 언제나 적중한다.

"이 친구는 비록 나이는 어리지만 그 지모智謀와 무술은 물론이거니와 병법에 있어서도 탁월합니다. 의병장 홍의장군과 함께 왜적의 이동 경로를 치밀하게 파악하여 공략함으로서 선두와 후방 부대의 보급로를 차단 시켰습니다. 결국 군량과 화약을 단절시킴으로 왜적들의 임진년 총공세를 봉쇄하는데 결정적 역할을 하였습니다. 뿐만이 아니고⋯⋯"

울이 사야가 김충선에 대해서 거품을 물면서 소개했다. 그를 유성룡이 제지 했다.

"그 정도는 알고 있네. 또한 왜의 조총 기술과 제조 방법 등을 조선에 전파 했다는 사실도. 그래서 조선은 그에게 자헌대부의 지위를 하사한 것이고."

이울은 기다리지 않았다.

"탄금대에서 아버님을 노리는 왜적 암살단이 출몰했습니다."

"이게 무슨 소리인가?"

유성룡은 소스라치게 놀라지 않을 수가 없었다. 충주성은 한양으로 입성하는 중요 요충지로 조선의 군대가 장악하고 있는 장소였다. 왜적이 등장할 수 없는 그 지역에 이순신을 저격하려는 왜적의 출현은 실로 유성룡을 아연하게 만들었다.

"충선이 미연에 방지하지 못했다면 비통한 참상을 면하기 어려웠을 것입니다."

그들 사이에서 침묵이 흘렀다. 유성룡은 잔뜩 긴장하며 눈을 감았다. 선조와의 독대가 주마등처럼 스쳐갔다. 왕은 나를 보호하고 싶어 한다. 통제사 이순신과의 관계를 염려하고 있다.

'차라리 그때 통제사 함대의 왜국 교토 공략을 가로막지 않았으면…… 오늘의 이런 고뇌는 발생하지 않을 수도 있었거늘.' 후회막급後悔莫及이었다. 하지만 그 당시로는 어쩔 수 없는 선택이기도 했다. 금일 역시 기로岐路에 서 있다. 이순신은 이제 언제든지 저들의 손에 의해서 추국에 들게 될 것이었다. 결단은 촌각寸刻을 다투고 있었다. 김충선이 조심스럽게 입을 열었다.

"대감을 뵈라 하신 적은 있었지만 이런 식은 아니었습니다. 장군을 모르십니까? 장군의 머릿속에는 오로지 임금에 대한 충성과 백성의 안위만으로 가득합니다. 거기, 새로운 조선을 심어야합니다. 그 불씨를, 뿌리를. 대감만이 심으실 수 있습니다."

"그건……"

"고려 왕실이 무엇 때문에 조선으로 바뀐 것입니까? 누구를위해서 조선이 건국되었습니까? 그건 이 겨레, 이 민족, 이 백성 때문이 아니었습니까? 대감, 남으로는 왜나라가 전쟁을 일으켰습니다. 북으로는 여진족女眞族이 흥맹하고, 서쪽에는 대명大明의 무리들이 군신관계를 자처하며 도사리고 있습니다. 조선은 강해져야 합니다. 절대의 강함으로 그들을 제압해야 합니다."

그것은 조선의 신하 유성룡도 꿈꾸던 일이었다.

"그건 불가능한 일이다."

유성룡은 강하게 부정했다.

"아니요. 절대로 가능합니다. 어떠한 분이 새 하늘을 여느냐에 따라 그 모든 것은 가능합니다. 잊으셨습니까? 이순신 장군의 함대는 임진년의 왜군 함대를 맞이해서 옥포, 합포, 적진포, 사천, 당포, 당항포, 율포, 한산도 대첩에 이르기 까지 전 해전海戰을 승리로 이끌었습니다. 전승이었습니다."

인정할 수밖에 없는 전과였다. 그 때문에 오늘날 까지 왜란에서 패배하지 않고 버틸 수 있었던 것이다. 하지만 유성룡은 냉정하게 지적했다.

"이순신 함대의 승전은 이미 준비되어 있는 부분이 존재했다."

"귀선을 말함입니까?"

"거북선뿐만 아니라 단단한 판옥선板屋船과 우리의 천자天字, 지자地字, 현자玄字 등의 총통銃筒이나 수군들의 훈련이 매우 뛰어났다. 화약과 대포의 성능, 이순신 장군의 지도력 등이 복합적으로 작용한 결과이지. 뿐인가? 우리의 의병義兵들이 전국에서 봉기蜂起 했으며 명나라의 참전參戰도 한 역할을 했다."

일국의 재상답게 전란에 대한 분석을 유성룡은 하고 있었다. 김충선의 눈에서 순간적으로 이채가 번뜩였다. 그리고 그의 음성은 여전히 살아 있었다.

"소생은 이 모든 것이 바로 대감의 공이라 생각합니다."

유성룡의 안색이 급변했다. 애초의 그는 왜인도 아니고 조선인도 아닌 그저 담대한 사내쯤으로 여겼었다. 그러나 이제는 정체를 분간할 수 없다.

"무슨 소리인가?"

"이순신 장군을 천거하시지 않았습니까. 왜의 침략에 대비하여 전라좌수사에 임명한 것이 바로 대감이었습니다. 대감은 왜나라를 다녀온 통신사 황윤길과 김성일, 허성을 통하여 이미 도요토미 히데요시의 조선침공을 파악하고 있으셨던 것이지요."

"조정에서는 왜의 무모한 도발이 없을 것으로 결론 내렸었네."

"그건 무능한 왕의 선택이었지요. 인정하고 싶지 않은 도피는 소인배들이 항상 원하는 선택이니까요."

"상감마마를 폄하하는 발언은 삼가 하게나."

"대감 역시 고루한 충성을 언제까지 다하실 작정이십니까? 높은 학식과 덕망으로 인재를 중용하시고, 당파를 초월하여 서인이던 정사 황윤길의 왜의 야욕을 신뢰하시었지요. 그리하여 이순신 장군을 기용하시어 전란에 대비하신 것이 아닌지요… 부인하시겠습니까?"

말문이 막혀왔다. 이렇듯 정곡을 찔린 것은 실로 오랜만이었다. 그 누구도 알아주지 않던, 눈치 채지 못했던 유성룡의 선택을 항왜 장수 하나가 지적하고 있었다.

9장

×

여진의 왕녀

그들이 왔다.

나의 영혼靈魂과 육신肉身을 난도질 하려고

서슬 퍼렇게 몰려들었다.

가소롭기 그지없으나 그저 울분鬱憤을 삼키었다.

무능한 왕 선조와 부정부패不正腐敗의 신하들

이들은 병마病魔이며 내 절망적 고통의 시작과 끝이다.

그들을 모조리 달 밝은 한산도 앞바다로 끌어내 목을 베고 싶다.

아마도 그들의 피는 붉지 않을 것이다.

오염汚染된 그 피를 거북도 외면하리라.

-이순신의 심중일기 1597년 정유년 3월 5일 을미-

　감옥監獄은 죽음의 그림자가 머무르는 적막의 회색으로 우중충하다. 짙은 어둠의 음습한 냄새는 장독丈毒의 곪아터진 환부患部로부터 발산하는 고약함으로 역겨움을 동반한다. 이순신은 지금 호젓한 독방獨房에 감금되어 있었다. 지난 수일간 함거로 이송되며 무수히 많은 상념을 했었다. 왕이 되라던 김충선의 통곡과 교토의 기습 침공을 위한 함대 상륙전의 준비, 현감에서 전라좌수사의 파격적 승진을 즐거워하던 가족들. 전란의 소용돌이에서 이룩한 위대한 승리. 그리고 그 뒤에 오는 허탈감과 뼈저린 배신감의 분노가 그를 사정없이 고통의 구렁텅이로 밀어 넣었다. '내가 왜 죄인이 되어야 하는가?' 백 번이고 천 번이고 자문하여도 돌아오는 답은 하나였다. '넌 죄인이다!'

　"난 오로지 나의 신념에 따라 행동했을 뿐이다!"

　이순신은 소리쳤다. 입 밖으로 튀어나오지 않은 소리 없는 아우성이 썩어 문드러져 가는 감옥 내부를 공허하게 두들겼다. 그는 멈추지 않았다. 왕과 이 나라에 대한 원망이 오장육부五臟六腑의 장기를 갈가리 찢고 할퀴면서 곤두섰다.

"그대들이 날 심판할 권한이 있는가? 난 오로지 백척간두百尺竿頭의 조선을 구하기 위한 일념으로 전쟁을 치루고 승리했다!"

온 전신을 칼로 베고, 송곳으로 찌르고, 인두로 지져댔다. 도저히 치유될 수 없는 고통이 엄습했다. 감정은 극도로 처절하게 치달렸다.

"아프다! 너무 아프다. 그래서 내게 고통을 준 대상을 모조리 도륙하고프다!"

머리부터 발끝까지의 통증에 몸서리치며 경련하다가 이순신은 눈을 떴다. 환청幻聽과 환상幻想에 시달린 모양이었다. 어둠침침했던 감옥의 통로에 환한 등불이 밝혀져 있었다. 어림잡아도 4~5명은 됨직한 위인들이 장승 마냥 모습을 드러냈다.

"그대가 이순신인가?"

누구의 입에서 흘러나왔는지는 모르겠으나 다소 젊은 목소리였다. 오만한 어투를 담고 있는. 그래서 이순신은 배알이 뒤틀렸다.

"그렇소. 내가 삼도수군통제사 이순신이 맞소."

당장에 조롱 섞인 음성이 튀어나왔다. 이번에는 듣기 거북한 목소리의 소유자였다.

"통제사는 무슨!"

이순신은 그 음성의 주인공을 노려봤다. 언젠가 일면식이 있는 좌의정 육두성 이었다. 그의 사악한 뱀눈이 요사스럽게 굴렀다.

"이놈 보게! 감히 지엄한 주상의 명을 거역한 죄인이 눈을 똑바로 치켜뜨는구나. 이런 죽일 놈이 있나!"

이순신은 물러날 기색이 아니었다. 그는 회한悔恨이 가득 차오른 눈빛으로 여전히 육두성을 직시하였다.

"발칙하고 무엄한 놈일세. 내 진작부터 너의 이름 석 자를 기억해 왔었다. 임진, 계사년에 운이 좋았다고 인정하마. 주변의 공로를 가로채어 승승장구했었지. 이제 더 이상은 안 된다. 그대는 타인의 재능을 편승하여 자리를 보존했지만 이번 조정의 명령을 불복하면서 밑천을 드러냈지 않은가. 통제사로서의 역량이 지극히 부족한 작자이지."

이순신의 눈이 감겨졌다. 상대는 노려볼 가치조차 없었다. 이순신이 바다에서 수립한 영웅적 전공을 그렇게 멸시한다는 것은 이미 적중의 적이었다.

"정식 절차에 의하여 금부나 형조, 혹은 상감의 친국이 있을 예정이오. 혹시 원하는 것이 있소?"

좌상 육두성의 뒤편에서 중년의 관리가 물어왔다. 비교적 이순신에게 관심을 보이며 부드러운 언어였기에 이순신도 부담 없이 받아들였다.

"없소. 단지…. 초봄이기는 하나… 새벽에는 감옥내부가 쌀쌀하오. 아마 다른 죄수들도 추울 것이니 형리에게 이야기 하여 살펴 주시오."

중년의 관리가 돌변하여 차갑게 소리 질렀다.

"좌상 대감, 죄인이 아직도 분수를 모르고 있사옵니다. 벌거벗겨서 사대문 밖을 개처럼 끌고 다녀야 이런 배부른 투정을 못하는 겁니다."

"하핫-- 그렇군. 자네 말이 딱 맞네 그려."

"그거 재미있겠네. 죄인을 벌거벗겨서 도성을 돌아본다? 하핫"

그들은 일제히 웃고 떠들었다. 이순신을 놀림감으로 전락 시킨 것이다. 핏기가 일거에 가시면서 살심殺心이 용솟음쳐 올랐다.

"그대는 누구냐?"

이순신의 핏발선 눈이 중년 관리의 안면에 꽂혔다.

"어이구 무섭게 나오시네. 이 사람은 사헌부 지평 강두명이라 하오. 조정을 능멸한 것은 크나 큰 대죄요. 따라서 그대는 통제사의 신분이 아닌 일개 대역죄인 이외다."

그는 임금 선조의 지시를 받았던 사헌부의 지평이었다. 그에게 있어서 이번 사건은 매우 중요한 의미를 지니고 있음이 분명하다. 이순신에 대한 죄목과 형량이 깊으면 깊을수록 그의 지위는 상승하게 되어 있었다. 따라서 강두명은 수단과 방법을 가리지 않고 이순신을 나락으로 추락시켜야만 하는 것이다.

"그래… 강두명이라! 사헌부 지평이라면서 통제사를 이리 농락하여도 되는가?"

"당치도 않습니다. 농락이라니요! 내 눈에는 오직 죄인만이 보일 뿐이니 당연한 처사가 아니겠소. 국법에 따라 엄하게 다스려야 할 것이외다!"

강두명은 이죽거리면서 말을 받았다. 삼도수군통제사에 비하면 까마득한 말직인 사헌부 지평의 신분으로서는 감히 무례하기 이를 데가 없는 태도였다. 하지만 그는 믿는 구석이 있었다.

"어명을 거역하고 왜적을 피해 숨어 있었으니 그러고도 삼도수군을 장악한 장수로의 본분을 다했다고 생각하는 것이요? 부끄럽지도 않소?"

피가 거꾸로 치솟았다. 장남 회에 비하면 불과 서, 너 살 쯤 위로 볼 수 있는 나이에 불과했다. 이놈은 어찌 이리도 오만방자한가?

"삼도수군을 관장하는 통제사로서 난 언제나 최선을 다하였다."

이번에는 좌상 육두성의 우측에 있던 말상에 수염이 듬성듬성한 초로인이 말을 꺼냈다.

"최선을 다했는데 어찌 이런 꼴을 하고 있누? 혹여 그 최선이라는 게 나라와 백성을 위한 것이 아니고 사리사욕私利私慾을 위한 최선은 아니었는가?"

이순신의 노여움이 한계에 도달했다. 이들은 무고한 사람을 돌아 버리게 만드는 재주를 지니고 있음이 분명했다. 이순신은 고함을 질렀다.

"가당치도 않소!"

강두명은 사헌부의 관리로 그 직책에 맞게 철저한 조사와 준비를 해두었던 모양이었다.

"남솔濫率에 해당하는 그대가 어찌 사욕이 없었겠소? 바른대로 고하는 게 좋을 거요."

이순신은 일순 말문이 막혔다. 그의 지적은 사실이었다. 이순신은 가장家長으로 적지 않은 가솔家率들을 책임지고 있는 형편이었다.

"두 분 형님들을 대신하여 많은 조카들과 우리 가족들을 돌보고 있는 것은 맞소. 나라에서 제한한 수효보다 많소이다. 인정하외다. 그러나 현감으로 부임하던 당시의 일이고, 지금은 조카들이나 자식들이 장성하여 전란에 큰 도움을 주고 있소이다."

8년 전 정읍현감으로 임명되어 부임 했을 때, 이순신의 가족들이 내행內行하였는데 그 숫자가 너무 많음에 나라 법을 어겼다는 것이다. 이순신은 거듭 변호辯護 한다.

"당시로는 어린 조카들을 돌보지 않을 수가 없었소. 그러나 가족이 많다하여 추호도 관리로의 몸을 소홀히 해 본적이 없으며 나라를 기망欺罔한 적은 더욱 없었소이다."

좌의정 육두성의 지저분한 음성이 이어졌다.

"추국 과정에서 진상이 명백하게 드러나겠지만 강화 협상을 핑계로 뇌물을 받고 적을 풀어 주거나 내통하였다면 이는 효수형梟首刑을 당해도 마땅하다."

그 순간에 이순신은 섬뜩한 한기를 느꼈다. 이들은 내게 참을 수 없는 고문으로 왜적과 내통하였다는 거짓 자백을 강요할 것이다. 지난해 병신년의 젊은 의병장 김덕령도 그 잔혹한 고문 아래 끝내 죽임을 당하였다. 사야가 김충선의 절규가 떠올랐다. 그

아이가 통곡하며 애원했었다. 김덕령의 원귀가 밤마다 울부짖는다고. 과연 나는 이들의 손에서 살아남을 수 있을까? 진정 굴복하지 않을 수 있다고 장담할 수 있을까? 갑자기 눈앞이 아득해지며 하늘과 땅이 빙빙 돌았다. 극심한 현기증을 느끼며 이순신은 정신을 잃고 있었다. 얼마의 시간이 지났는지 알 수 없었다. 기침이 목구멍 밖으로 사정없이 튀어나와서 헐떡이고 있을 때 그림자 두 개가 어른거렸다. 이순신은 그들이 처음에는 형리라고 생각했다. 하지만 음성은 나직하고 투명했다.

"귀하가 이순신 맞죠?"

목청으로 미루어 여자였다. 희미한 불빛 사이로 드러난 상대는 비록 사내아이처럼 차림을 하고 있었으나 신체의 굴곡이며 얼굴 모습이 영락없는 여자아이였다. 나이는 20여 세로 추산되었다. 그 곁에는 낯선 오십 대의 관원 하나가 동행하고 있었다. 대관절 이들이 누구이기에 감옥 내의 이순신을 찾아왔는가? 이순신은 당돌한 여자의 얼굴을 깊이 올려다봤다.

"뉘신가?"

"나의 신분을 발설하기는 곤란합니다."

이순신은 관복 차림의 사내에게로 시선을 옮겼다. 눈매가 갸름하고 턱수염이 듬성듬성 마른 잡초처럼 거친 것이 인상적이었으며 광대뼈가 유난히 돌출되어 보였다.

"장군은 지금 극히 위험하오. 아니, 반드시 참수당할 것이요."

관복의 사내는 여지가 없었다. 사헌부의 지평 강두명과 좌상 육두성의 비장한 어조가 떠올랐다. 그들은 모두 이순신의 죽음을 기정화하는 것만 같았다. 이 관복의 사내가 그것을 확인시켜 주었다.

"그래서요?"

이순신은 지극히 담담했다. 그래서 관복의 사내는 놀란 눈초리로 여인을 둘러봤다. 여자는 매우 흥미롭다는 듯이 미소를 지었다.

"과연 이순신이시군요."

이순신은 이들 남녀의 내력이 무척 궁금했다. 어떻게 의금부의 뇌옥 출입이 가능한 것인가? 분명 배경이 있으리라. 그렇지 않고서야 이 시각에 감옥으로 면회를 올 수 있겠는가.

"우리만이 장군을 살릴 수가 있소이다."

이순신은 어이가 없었다. 저절로 실소가 새어나왔다.

"왕명이라도 가지고 온 것이요?"

"그렇습니다."

이순신은 순간 잘못 들었으리라고 생각했다. 착각을 했다고 느끼며 다시 물었다.

"지금 왕명이라고 했소?"

관복의 사내가 자세를 낮추었다.

"건주위建州衛에 왕이 계십니다."

이순신은 정신이 번쩍 들었다. 건주라면 북쪽의 오랑캐를 말하는 게 아닌가? 당금 명나라와 대립 관계에 있는 여진족으로 건주위는 왕이 아니라 일개 추장에 불과했다. 이순신은 노기를 발산했다.

"함부로 왕권을 남발하지 마라. 건주위에 제법 괜찮은 위인이 지도하고 있다는 말은 들은 적이 있지."

"누르하치努爾哈赤!"

"앞으로 건주 도독에서 왕이 되실 분이십니다."

여인은 과연 맹랑했다. 총기를 뿜어내는 눈빛으로 이순신의 눈을 사정없이 뚫어져라 바라보았다. 이런 눈빛을 간직하고 있는 무장을 이순신은 알고 있었다. 사야가 김충선이다. 그도 새로운 왕위에 대해서 기염을 토했었다.

"오랑캐, 여진족 누르하치가 왕이 된단 말인가?"

"명나라는 그 운이 다해갑니다. 얼마 가지 못할 겁니다. 건주의 왕이 천하를 다스리게 됩니다."

이순신은 잠시 호흡을 가다듬었다. 자신이 분석하고 연구했던 명나라에 대해서 생각에 잠겼다. 임금 선조는 그들을 향해서 천군이라 호칭하며 찬양했으나 이순신은 달랐다. 그들 명의 군대는 허점이 수두룩하였다. 이순신이 판단하기에 군의 기강과 효율이 현저하게 낮아 보였다. 이런 군대로는 북방의 여진족을 제압하기에는 역부족이었다. 왜적 역시도 마찬가지였다. 끝내는 등골에 식은땀이 배어 나오기 시작했다. 어쩌면 이 어이없는 조합의 남녀가 감옥에 침입하여 내뱉은 말이 그냥 황당한 것이 아니라는 생각이 엄습했다. 이순신이 침음沈吟이 길어지고 있을 때 여인은 교묘한 미소를 지었다.

"항왜 무장 사야가 김충선을 만나겠습니다."

이 순간 이순신은 전율했다.

＊＊＊

"내 이름은 아율미娥溧美."

여인은 매우 귀염성 있는 얼굴이었다. 반듯한 콧날에 입술은 단아했고 눈이 별처럼 초롱초롱했다.

"내게 무슨 용무가 있는 거요?"

김충선은 별로 기대하지 않고 무심히 던져 본 말이었다. 그러나 돌아온 대답은 충격적이었다.

"항왜 사야가! 왜인 철포대장으로 조선에 투항하여 전 조선군에게 화승총의 제조와 사용법을 전수했음. 그 때문에 왜의 피해가 막중하며 결국 조선과 왜의 전쟁이 여태 길어지게 되는 결과를 초래한 이유 중 하나임! 성격은 신중하면서도 대범하고, 조총의 달인이며 칼과 창술에도 귀재이고 이순신을 부모처럼 섬기고, 그의 아들 울과 의병장 김덕령과 절친한 친구이며 홍의장군 곽재우 등과도 대단한 친분을 유지하고 있는 신비로운 일본인이며 조선인!"

기가 막혔다. 김충선은 봄날이며… 햇살이며 그 눈부시고 찬란한 자연의 현상들은 완전히 눈앞에서 사라졌다. 아율미라는 남장여인을 대하며 기묘한 전율을 느끼고 있었다. 봄은 순식간에 저만치 달아났다.

"누구냐? 넌…?"

"아율미라고 했잖아."

"내가 알고 싶은 건 이제 이름이 아니야."

아율미는 물에 적셔진 누더기 두건을 벗었다. 그 안에 숨겨져 있던 긴 머리카락이 어깨까지 내려왔다. 모발이 드러나자 그녀의 얼굴은 이제 다시 변했다. 귀여울 뿐만 아니라 도발적인 아름다움까지 엿보였다.

"궁금하지? 궁금해서 미치겠지?"

아율미는 대놓고 약을 올렸다. 김충선으로서는 실로 처음 만나는 강적이었다. 지난 수년간 조선의 각처를 돌아다니며 전쟁을 치루고 많은 사람들과 교류했다. 물론 여인들과 마주할 기회는 적었으나 그래도 경험은 있었다. 하지만 이 소녀는 특이했다.

"나에 대해서 상세히 알고 있으니 두 부류이겠지. 이롭거나, 아주 이롭거나… 그 반대의 경우."

"아, 그랬어. 당신은 두뇌도 매우 훌륭하다고 들었어. 인정해. 그렇다면 내 정체에 대해서도 이제 어느 정도 감을 잡아야 하는 게 아닌가?"

아율미는 얄밉도록 예쁘게 말하며 두건의 물을 짰냈다. 갑작스런 존대에 당혹감마저 일어났다.

'귀신은 아니겠지?'

김충선은 그녀를 훑어보며 잠시 생각에 잠겼다. 이럴 때 그 친구 김덕령이 있었으면 얼마나 좋을까 싶었다. 성격이 호탕하고 기개가 넘치는 김덕령은 언제나 여자들에게도 인기가 넘쳤다. 아마 김덕령이었다면 당장 아율미에게 이렇게 말했으리라.

"이 년, 너의 미모를 보니 사내들을 숱하게 홀리겠구나. 백 년 묵은 여우짓일랑은 이제 그만두고 순순히 꼬랑지를 내릴 거라.

너를 안아줄 수 있는 사나이는 여기 나뿐이니라."

아율미의 행동이 갑자기 멈췄다. 김충선은 가슴이 덜컹 내려앉았다. 설마 김덕령의 말투를 그대로 흉내 내어 입 밖으로 새어 나갈 줄은 상상하지도 못했다. 그러나 아율미의 대답은 더욱 놀란 것이었다.

"이상하네. 그건 의병장 김덕령이 주로 사용하던 대사인데……"

혼비백산이 따로 없었다. 이 소녀는 도무지 내력을 알 길이 없는 불가사의한 존재였다.

"아까운 김덕령을 조선 왕은 개잡듯 잡아 버렸어. 미친놈이야."

소름이 오싹 돋았다. 조선의 왕을 함부로 욕하는 이 소녀의 정체가 너무 궁금했다.

"나라를 위해 충성을 다하는 장수를 모함하여 때려 죽였으니 쯧쯧 조선이 제대로 되겠어? 이런 나라는 반드시 망한다니까."

비로소 김충선은 그녀가 조선의 왕에 대해서 좋지 않은 감정을 지니고 있음을 깨달았다. 적어도 김충선이 꿈꾸는 새로운 조선을 이해할 수 있는 동지라는 생각이 든 것이다. 김충선은 고개를 끄덕였다.

"이제 누구인지 알 거 같군."

아율미는 개울물에 세수를 하면서 하얗고 가지런한 치아를 드러냈다.

"정답이라면 입맞춤을 해주겠어."

그녀는 거침없이 말하고는 배시시 웃는다. 뇌쇄적인 웃음에 봄 햇살도 부끄러워 달아나고 소녀의 방심芳心만이 천지에 가득하다. 그 향기에 취하여 김충선이 더듬거렸다.

"너… 넌……?"

아율미는 고혹적인 눈빛을 던지며 김충선의 말투를 흉내 냈다.

"그래… 너…. 넌 어떻다는 건데?"

"후훗, 아니다. 너에 대해서 내가 뭘 알겠어."

그녀는 이미 김충선에 대해서 상당한 정보를 지니고 접근해 왔다는 것이 입증되었다. 왜냐하면 조선의 의병 김덕령을 개처럼 선조가 두들겨 잡았으므로 그 왕이 미쳤다고 말한 것은 바로 김충선 자신이 친구 울에게 던진 말이었기 때문이었다. 본래 김충선은 신중하고 사려 깊은 인물이었다.

"솔직히 말 하시지?"

사야가 김충선은 입을 다물었다. 그리고 단지 한 마디를 중얼거렸을 뿐이다.

"그래, 난 꿈꾸고 있다."

사야가 김충선의 눈빛은 하늘을 품고 있었고 가슴은 푸르기 이를 데 없다. 진심은 언제나 빛이 난다.

"훗, 그러나 난 그대의 꿈을 알고 있지."

아율미는 어깨를 으쓱거리면서 중얼거렸다. 그녀는 역시 평범하지 않았다. 잠깐 놀라는 표정을 지었지만 이내 담담한 얼굴이 되었다. 마치 이 모든 사안들을 알고 짐작했다는 태도였다.

김충선은 이제 신중한 기색으로 상대방을 파악하고 있었다.

"넌……"

"맞아. 여자야. 그리고 왜란이 터지고 나서 조선으로 들어왔지. 이 나라는 한심했어. 불과 20여 일 만에 한성을 왜놈에게 넘겨주고 왕은 정신없이 도망치고, 그걸 구원한답시고 명나라 장수 조승훈이 3000 병력을 이끌고 게거품 물며 참전했다가 평양전투에서 완전 박살이 나가지고 요동으로 도주할 때 이 몸은 건주위建州衛에서 혀를 차며 왔다고. 개 같은 이 땅에."

건주위라면 건주여진을 말하는 것이다. 조선의 국경을 넘나드는 북쪽 오랑캐.

"조선에 대하여 그렇게 말 하지마라. 개 같은 경우보다 더 심한 것이 건주위… 바로 너의 오랑캐니까!"

"오호, 이제 보니 그대는 조선인이 다 되었군. 하기야 벼슬과 이름을 하사 받았으니 오죽 하시겠나."

그녀의 야유에 김충선은 오기가 발동했다.

"내가 알고 있는 여진족女眞族의 조상이 바로 개가 아니더냐?"

아율미는 갑자기 배를 잡고 자지러지게 웃었다. 이상하게도 그 웃음은 봄날만큼이나 청량하게 들려왔다.

"호호호, 맞아. 조선 땅이 개 같고, 우리 오랑캐 여진의 조상이 개… 라면 당연 조선은 우리 조상이야. 그래… 인정해!"

이와 같은 황당한 대답이 나올 줄은 꿈에도 생각지 못했던 김충선은 순간적으로 당황스러웠다. 그녀는 얄미울 정도로 침착했고 전혀 나이답지 않게 노련했다.

"여진의 시조가 개와 사람 사이에서 태어났다는 설화가 있지. 한마디로 개 같은 이야기고, 진짜로는 이 조선 땅의 옛날 그 옛날에 권력 투쟁에서 밀린 왕족 한 명이 부상을 당하여 네 발로 우리 부족으로 기어 들어와 족장의 딸과 밤새도록 그 짓거리를 했다는 거야."

기가 콱 막혔다. 설마 어린 계집아이가 이토록 대담하고 천연덕스럽게 말을 이어 가리라고는 생각지도 못했던 것이다. 오히려 김충선의 얼굴이 화끈 달아올랐다.

"너… 사내도 아닌 것이 그런 말투를 사용 하다니 쯧쯧!"

"혀를 차네? 왜 내가 어쨌기로서니?"

"그걸 말이라고 하나? 그 짓거리라니? 그게 할 말이냐? 우린 초면이라고!"

아율미가 전혀 상관없다는 표정을 지으며 오히려 콧방귀를 뀌었다.

"그 짓거리라는 건 치료를 말함인데… 뭐가 잘못 된 건가? 네 발로 기어들어 온 부상자를 성심껏 치료한 것이 잘못인가?"

아뿔싸! 김충선은 농락을 당한 걸 깨달았다. 역시 보통내기가 아니었다. 애초의 등장부터 주의를 기울이고 있었지만 또 다시 된통 한방 얻어터지고 말았다.

"밤새도록 치료라……?"

"남녀가 밤을 지새워 가면서 상처를 어루만져 줬다면 당연지사 정이 오고 갔을 것이고, 그리하여 선남선녀가 한눈에 반하여 사랑을 나누고, 혼인을 하여 우리의 시조가 탄생 하셨으니……"

더 이상 참지 못하고 김충선이 끼어들었다.

"오랑캐 여진의 뿌리가 이 나라라는 걸 말하고 싶은 거냐?"

"그대 왜인보다도 우리가 가까워. 적어도 대륙으로 이루어져 있잖아. 북쪽으로. 누구처럼 바다건너 섬은 아니야."

김충선은 울화가 치솟았으나 간신히 참아내며 스스로를 달랬다. 북방의 여진족 여아에게 더 이상 휘둘릴 수는 없다고 생각했다.

"그런 황당한 소리를 들어본 적이 없다. 넌 누구에게 오랑캐의 시조가 이 땅의 왕족이라고 들었느냐?"

아율미는 기다렸다는 듯이 대답했다.

"아버지!"

김충선은 야무지게 말하는 그녀에게 내심 탄복하면서 다시 물었다.

"아버지가 누구냐?"

"누구긴 누구야. 아율미의 아버지지."

"더 이상 말싸움은 싫다. 도대체 어떤 사람이기에 그런 황당무계한 이야기를 만들어 내는지 알고 싶어서 그런다."

"우리 아버지는 임진년에 조선을 돕기 위해서 출병항왜出兵抗倭를 명나라 조정과 조선 조정에 제의하셨지. 이 정도 정보라면 이제 내 신분도 알아 모셔야지!"

사야가 김충선은 충격 속에서 신음을 삼켰다. 임진년에 건주여진에서 군사를 파견하겠다고 요구했다면 바로 그는 건주도독 建州都督 누르하치努爾哈赤를 말함이었다. 여진의 가장 큰 세 부족을 통합하여 통일시킨 영웅英雄. 아율미는 바로 그 족장, 칸의 딸이었다.

"그대가 진정 누르하치의 여식인가?"

"흥, 속고만 살았나. 난 가끔 헛소리를 하기는 하지만 그렇다고 거짓말은 안 한다!"

김충선은 잠시 마음을 가다듬었다. 그녀의 신분을 지금으로서는 확인할 길이 없었지만 거짓은 아니라고 판단했다. 그냥 믿음이 갔다. 그렇다면 이건 대형 사건이었다.

"명령을 받고 조선에 침투한 것인가?"

아율미의 눈빛이 흔들렸다. 그녀도 상대의 직설적인 질문에 적이 당혹스러웠으나 이내 정상을 되찾았다.

"내가 왜 그 질문에 대답을 해야 하는지 이유를 말해주면 알려주지."

"조선을 경험했다면… 이제 제대로 된 조선을 건국하는 일에 도움을 줘야 하기 때문이지."

김충선의 대꾸는 실로 대담했다. 그러나 이 말에 담겨 있는 의미는 너무 깊고 깊었다. 임진년으로부터 조선에 들어와 있었다면 이제 정유년이니 햇수로 무려 6년이었다. 조선에 대해서 6년간 보고 들었다면 충분히 조선의 문화文化와 사상思想과 체제를 느꼈을 것이며, 무엇보다도 사람의 성정性情을 체감 했으리라 생각했다.

"조선의 민초民草들을 겪었겠지? 그들의 순박함과 인정은 어떠하든가? 사람다운 냄새가 풍기지 않은가? 진짜 사람답지 않은가!"

"사람다운 냄새가 무엇이야? 나는 조선 조정의 무능력하고 분별없는 치국治國만 보이던 걸."

"그래서 사람다운 사람이 절실히 필요하다는 거야. 그런 사람들이 새로운 조선을 열어야 하는 거지. 그대도 조선에 관심을 갖고 있음이 분명해. 애정이 있어. 그렇지 않다면 덕령의 죽음을 애석해할 필요가 없었을 거야."

"조선의 왕도 멍청하기 짝이 없지만 김덕령도 고집불통이었잖아."

김충선은 직감적으로 깨달았다. 아율미가 지난 해 발생한 김덕령의 죽음에 대한 진상을 모조리 꿰뚫고 있는 것으로 생각된 것이다. 그녀는 긴장감으로 경직된 김충선을 응시하며 조롱하듯 중얼거렸다.

"그대가 김덕령을 탈옥시켰었지. 귀신같은 수법이었어. 나는 덕분에 왜의 간자間者가 얼마나 무서운 존재인지 깨달았어."

10장

×

감옥풍운 監獄風雲

먹구름이 천지다.

내 마음은 암흑暗黑으로 사방이 컴컴하다.

눈 먼 하늘을 보니 가슴만 미어진다.

그가 찾아왔다.

삼경을 넘은 야심한 시각에 바람처럼 잠입했다.

치유治癒의 손길을 내밀며 운명을 결정질 것을 요구한다.

경기驚氣가 일어나는 심야深夜다.

작은 바람 한 줄기에 태산泰山이 준동蠢動하다.

- 이순신의 심중일기 1597년 3월 6일 병신 -

　그 예감은 사실로 확인되어 김충선의 가슴을 싸늘하게 식혀
왔다. 그 당시의 비밀이 파헤쳐진 충격보다도 더 서글픈 것은 김
덕령을 제대로 구해내지 못했다는 자괴감이었다.

　"넌 마치 날 그림자 마냥 미행했던 거로군."

　아율미는 변명하지 않았다.

　"맞아. 나는 김충선이란… 아주 불가사의한 위인을 지난 3년
간 추적 했지. 덕분에 너무 많은 공부를 하게 되었어. 사람에 대
해서도… 조선에 대해서도…!"

　마치 쇠몽둥이로 뒤통수를 호되게 얻어맞은 기분이었다. 믿
을 수가 없으나 또한 믿지 않을 수 없었다. 그러나 이건 가능한
일이 아니었다. 내가 누구인가? 일본에서 최고의 인술忍術을 연
마한 수련자였다.

　"으음."

　"믿기 어렵다는 표정이군. 그래… 물론 그렇겠지. 그러나 어찌

나? 김덕령을 탈옥시켰던 일은 오로지 그대와 김덕령 둘만의 극
비였잖아. 그러나 결백하다고, 조선의 왕과 대신들을 믿노라고,
그대를 안심시키고 다시 스스로 자신만만하게 감옥을 찾아간
김덕령은 그 길로 죽어 버렸으니…… 그 비밀을 알고 있는 사람
은… 세상에 그대 김충선 하나여야 하잖아. 그런데 이런 경우가
있나? 내가 알고 있으니! 여진의 딸 아율미가!"

그 순간에 김충선은 몸을 날렸다. 눈부시도록 빠른 몸놀림이
다. 봄날의 경쾌한 바람처럼 아율미에게 다가가는 칼刀의 그림
자가 개울을 가로질렀다. 김충선의 손에서는 어느새 팔등신의
늘씬한 칼이 소스라치게 울부짖고 있었다. 아율미의 동작 또한
매우 신속했다. 그녀는 봄바람에 날리는 꽃잎이 되어 몸을 뒤집
었다. 쏴악! 하는 칼바람이 개울물을 동강내며 하늘로 뻗쳐 올라
갔다. 절단된 물과 돌이 공중으로 튀어 올랐다. 그러나 아율미는
이미 몇 걸음 물러나서 호흡을 가다듬고 있었다.

"과연 나를 시험해본 소감이 어떤가요? 믿어줄 재간은 되죠?"

여진의 공주 아율미는 대단한 무도를 갖추고 있었다. 김충선
의 기습을 그녀는 보기 좋게 피해 버렸다. 이제는 그녀의 말이
사실임을 믿을 수밖에 없다. 그녀는 지난 3년 간 철저히 김충선
의 뒤를 밟아온 것이다.

"저는 사냥과 무예를 배웠지요. 아버님은 잊혀진 왕국을 부활
시키기 위해서는 자식들이 강해야 한다고 믿으셨어요. 딸이라
고 하더라도 예외를 두지 않으셨어요. 우리 형제들은 부족의 모
범이 되기 위해 누구보다도 열심히 말을 타고 군사 훈련을 받아

야 했답니다."

그녀가 존칭어를 사용하자 분위기가 달라졌다. 여진을 통일하여 향후 금나라의 영광을 재현하려는 누르하치의 위상은 대단한 것임이 분명했다. 아율미는 그 위대한 부족의 피를 이어받은 왕녀였다.

"좋소. 그만합시다."

김충선은 순순히 칼을 거두었다. 아율미는 기묘한 미소를 지으며 다가왔다.

"놀랐지요? 수년간 누군가의 감시를 받고 있었다는 사실이 믿어지지 않겠죠?"

"그렇소."

"스스로 탓할 필요는 없어요. 조선에 내가 침투하기 전부터 잘 훈련받은 여진의 간자들이 이미 활동하고 있었어요. 간접적으로 왜의 사정도 탐문하고 있었고요. 저희 쪽 간자들이 일찍부터 당신을 주목하고 있었답니다."

"감시라? 허허,"

김충선은 말을 아꼈다. 그의 정신과 육신 또한 타이부교의 최정예 간자였지 않은가? 그들 여진의 감시를 전혀 몰랐다고 할 수 없었다. 하지만 사야가 김충선은 단지 침묵하였다.

"저희 아버님은 명明나라가 대단할 것 같지만 곧 무너질 썩은 나라라고 생각하고 계시고, 그 중원의 빈자리를 노리고 계세요. 아버님이 이번 전쟁 초기에 일본에 대항할 군대를 파견하겠다고 한 것도 만약에 일본이 명나라로 진격하게 되면 일본이 충분히 이길 수도 있다는 생각을 하셨지요. 그래서 일본의 진격을 조선에서 차단하려고 원병을 보내시겠다고 한 겁니다. 물론 거절당했지만."

김충선은 그녀의 말을 들으면서도 당황하는 기색이 없었다. 마치 그 모든 내막을 알고 있는 듯 여유를 잃지 않고 있었다. 표정의 변화도 거의 없었다.

"그럼 당신 아버님도 명나라를 일본에 빼앗길까 봐 조선을 도우려 했다는 것이오?"

김충선의 질문을 꽤나 날카로웠으나 그녀는 이제 매우 부드럽게 대답했다.

"아버님의 깊은 뜻이겠지요. 그보다 또 하나 말해 볼까요? 당신이 특히 한 여인에게는 많은 공을 들였어요. 바로 김덕령의 정혼녀 장예지 낭자에게."

일순간 김충선의 뇌리에 한 여인의 모습이 스쳐지나갔다. 누이처럼 김충선을 따르며 제자가 되기를 간청했던 장예지. 그녀는 조선에서 얻은 제자였다. 아름답고 영민한 조선의 여인이었다.

"보고 싶지 않나요? 만나고 싶지 않나요?"

조선의 전쟁에서 만나 우정을 나누던 친구 김덕령이 반역의 누명을 쓰고 고문으로 죽은 후 김충선은 단 한 번도 장예지를 만나지 않았다. 기회가 없었던 것은 아니었다. 어떤 이유에서인지 회피하게 되는 자신을 발견하고는 흠칫한 심정이었다. 아율미가 그 상처를 건드렸다.

"예지 낭자는 총명하여 진도가 매우 빨랐지요? 난 그녀처럼 우아하면서도 지혜로운 조선 여인을 만나본 적이 없었던 거 같아요. 당신은 그녀에게 정성을 다해 무술을 사사했지요. 난 때로는 의심이 들기도 했어요. 당신이 혹여 사사로운 감정을 품고 있는 것은 아니었던가 하는."

김충선의 안면이 상기되었다.

"아율미! 그런 소리는 함부로 하는 것이 아니오."

"아, 미안해요, 상처를 건드려서. 그럼 이건 어떤가요? 비록 무모한 추측이기는 하지만 당신에게 도움이 될지도 몰라서……"

이상한 예감이 불현듯 들었다.

"무모하다면 발설하지 않는 게 좋겠소."

"나는 생각을 마음에만 담고 사는 일에 익숙하지 않아요. 들어주세요."

"……"

"지난 해 병신년丙申年. 김덕령이 당신의 도움으로 탈옥 후, 고집을 피우며 다시 감옥으로 향할 때로 기억돼요. 그때 당신은 만류했지요. 돌아가면 반드시 죽게 될 것이라고!"

"그랬던 거 같소."

"김덕령은 당신에게 탈옥시켜준 것에 대해서 불같이 화를 내고, 또 눈물을 흘리며 감격해 하기도 했지요. 그리고 왕과 대신들이 죄 없는 본인을 그리 죽이지는 않을 것이라고 했어요. 신하된 도리를 다해야 한다면서 다시 감옥으로 돌아가길 희망했지요."

"그렇소. 덕령은 만고의 충신이오."

"당신은 혹 그때 예지 낭자에 대한 사심私心을 품고 있었기에 사지死地임을 짐작하고 있으면서도 김덕령을 끝까지 붙잡는 노력을 게을리 한 것은 아니었나요?"

정수리 끝에서 파열음이 천둥처럼 내리꽂혔다. 그랬던가? 내가 절망의 모퉁이에서 구원을 거부하는 김덕령의 손길을 혹시 즐겼는가. 섬광이 눈앞에서 폭죽처럼 터졌다. 현란한 상념의 색이 부챗살처럼 혼란스럽게 사방으로 흩어져 갔다. 비명은 목청에서 터지지 않았다. 그것은 가슴을 뚫고 핏덩이와 더불어 쏟아졌다.

"그대는 그렇게 느꼈소?"

"네."

김충선은 부끄럽고 또 부끄러웠다. 그 어떤 경우에도 느낄 수 없었던 절망과 수치심이 엄습했다.

"몰래 숨어서 본 그대의 눈이 더 정확한지도 모르겠소."

김충선은 회피하지 않았다. 단지 그는 격렬한 통증을 억누르고 있을 뿐이었다. 결코 그 누구에게도 보여주고 싶지 않은 지독한 인고忍苦의 아픔을 감당하고 있었다. 그것은 절망적인 번뇌煩惱이기도 했다.

"그러나 도무지 풀리지 않는 의문은 왜 이제 그녀를 만나러 가지는 않는 거죠?"

"그건……."

"전혀 당신이 의도한 것은 아니잖아요. 아무리 말렸어도 김덕령은 자기 발로 감옥으로 되돌아갔을 테니까요."

김충선은 스르르 눈을 감았다.

"내게 뭘 원하는 겁니까?"

아율미는 이 사내의 행동 하나하나를 주시하고 있었다. 지난 3년 간 질리도록 보고 또 보았던 감시와 관찰의 대상이었다. 신기한 것은 그때마다 새롭게 느껴지는 미묘한 감정의 파장이었다.

"아버지를 만나셔야겠습니다."

그녀의 아버지는 건주여진 부족의 족장이며 금나라의 재건을 꿈꾸는 여진의 칸 누르하치다.

"왜 그렇소?"

김충선의 질문에 그녀는 추호의 동요도 없이 대답했다.

"이순신의 나라를 건국하기 위해서는요."

사야가 김충선은 일신의 전율을 감출 수가 없었다.

* * *

춥다. 밤이 깊어질수록 온몸이 꽁꽁 얼어왔다. 남해 바다의 모진 바람이 뼈 마디마디에 혹독한 냉기를 뿜어낼 때에도 이순신은 참을 수 있었다. 파도 위로 산더미처럼 휘몰아치던 왜적의 울부짖음이 그를 긴장하게 했다. 혼신을 다하여 적을 상대할 때에는 전혀 느낄 수 없는 추위가 지금은 너무 잔인하게 괴롭혔다. 경련이 일어났다. 시리고 아팠다. 이순신은 어금니를 악다물었으나 턱은 쉬지 않고 위아래로 떨려왔다. 어둠의 수옥囚獄 구석구석에서 뼈가 시린 이빨의 반란이 딱딱 거리며 울려 퍼졌다.

"장군!"

혼미한 의식의 먼 곳으로부터 누군가의 부름이 있었다. 친근한 목소리였으나 또렷하지는 않았다. 이순신은 얼어붙은 몸뚱이를 간신히 움직였다.

"뉘신가?"

옥문獄門에 형리 차림의 관리 하나가 불쑥 얼굴을 내밀었다.

"소생이옵니다."

그 얼굴을 확인하자 이순신의 눈이 화등잔만 하게 커졌다. 덜덜거리던 입도 크게 벌어졌다.

"자네가…?"

"얼마나 고초가 심하신지… 당장이라도 장군을 모시고 싶습니다."

감옥의 통로 기둥에 위태롭게 걸려있는 등화의 흐릿한 불빛 아래 변복을 하고 있는 김충선의 모습은 쉽게 알아보기가 어려웠다.

"이 무슨 짓이냐?"

"간곡히 아뢸 말씀이 있습니다."

이순신은 주변의 감금되어 있는 죄수들을 의식하며 추위로 굳어있는 몸을 억지로 꿈틀거렸다.

"소생이 잠시 몸을 데워 드리겠습니다."

김충선은 가로막고 있는 목책 사이로 손을 집어넣어 이순신의 팔과 다리를 주무르기 시작했다. 김충선은 일본에서 간자間諜 수업을 받으며 혈도에 관한 연구에 몰입한 적이 있었다. 인간의 신체는 참으로 오묘하여 기의 고저와 장단長短 또는 강약의 흐름에 따라 왕성한 활동을 하기도 하고 맥을 놓고 풀어지기도 한다. 김충선의 손가락이 문어처럼 흐느적거리며 살과 뼈를 주무르자 이순신은 급속히 열기를 느낄 수가 있었다. 따스하고 부드러운 기운이 샘물처럼 솟아나며 이순신의 체내로 흡입되었다. 단지 추위뿐만이 아니고 허약해진 기력도 점차 회복되고 있음을 느낄 수가 있었다.

"대단하군. 자네는 언제까지 나를 경악시킬 셈인가?"

지난 십여 일간 몸과 마음이 만신창이가 되어 있던 이순신의 체력은 바닥이었다. 오죽하면 대화 도중에 졸도까지 했던 그로서는 지금의 밀려드는 양기에 당혹스러울 정도였다.

"서애 대감과 담판을 지었습니다."

순간적으로 몸이 경직되었다. 차디찬 냉수를 뒤집어 쓴 기분이었다.

"담판이라니?"

"홍의장군도 올라와 계십니다."

이순신은 자신의 요혈을 눌러주고 있는 김충선의 손목을 움켜쥐었다. 눈가에 경련이 일어났다.

"설마?"

"예. 이대로 장군을 포기하실 분들이 아니지 않습니까. 단지 장군의 확고한 결심이 필요한 시기입니다."

"역성혁명을 그분들이 찬동하였는가? 서애 대감과 홍의장군은 충신 중에서도 충신이다. 그럴 리가 없어!"

"충신으로 따지자면 장군 역시도 뒤지지 않습니다. 그걸 몰라주는 어리석은 왕이 존재하니 그것이 우환인 것이지요."

이순신은 질끈 눈을 감았다. 온 기력을 모아 집중하고자 노력했다. 자신에게 악귀처럼 달려드는 사악한 혼돈混沌을 물리치고자 할 때의 버릇이었다. 그의 경륜에 이러한 위기는 수도 없이 찾아 들었었다. 그렇지만 이번의 결단은 그 어느 사안보다도 중요한 고비였다. 김충선은 재촉하고 있었다.

"생각은 이제 그만 두십시오. 행동으로 보여주셔야 합니다. 부디 장군의 몸을 소중히 여기소서."

이순신은 미동도 하지 않았다. 마치 석상이 된 것처럼 굳어 있었다.

"서애 대감이 장군의 확고한 의사를 알고 싶어 하십니다. 곽 장군도 애타게 고대하고 있으며 여진의 누르하치가 우리의 거사를 돕고 싶어 합니다."

놀라운 일의 연속이었다.

"누… 르하치? 여진족장을 말함이냐?"

이순신은 믿을 수가 없었다. 북방 오랑캐의 족장이 어떤 이유로 자신을 돕는다는 것인지 의문이었다.

"누르하치는 여진의 부족을 통일한 맹장이옵니다. 그는 칸으로 금나라를 재건하고자 하는 꿈이 있습니다."

"우리와 손을 잡고 각기 명과 조선을 새롭게 도모하자는 취지인가?"

김충선은 탄성을 토했다.

"바로 그렇습니다. 뿐만 아니라 이번 기회에 일본 역시도 전쟁을 일으킨 히데요시가 붕괴되고 말 것입니다."

"그렇다면……?"

"삼국이 동시에 거대한 변화를 맞이하는 것이지요. 명국은 누르하치에 의하여 금나라가 재건 될 것이고, 일본은 도쿠가와 이에야스의 정국으로 변합니다. 그리고 무엇보다도 강력한 조선의 탄생은 장군님으로부터 비롯됩니다."

이순신은 침음沈吟 하였다. 이제는 더 이상 놀라운 일도 아니라고 스스로 마음을 가다듬었다. 하지만 그가 간단명료하게 설명한 삼국론三國論은 실로 어마어마한 일대 변혁이었다. 명나라의 멸망과 새로운 조선 정국, 그리고 왜나라 최고의 권력인 도요토미 히데요시의 몰락. 이들 삼국은 역사의 폭풍지대에서 가장 정점에 위치해 있었다. 이순신은 이때 차마 몰랐다. 이 시기가 향후 얼마나 걷잡을 수 없는 파국의 정국을 예고하는지! 이때의 그는 그저 탄식을 쏟아낼 뿐이었다.

"왜적이 코앞에 있거늘 이 무슨 해괴한 망상인가?"

"발등의 불이 더 급한 것을 어찌 외면하시려 합니까? 참고 인내하기에는 이미 늦었습니다. 또한 소생은 이미 적들에 대한 방비책을 마련해 놨습니다."

"대관절 자네는 지치지도 않는군. 그러나 이 불은 내 스스로 끌 수 없는 것이다. 그리고 그 누구도 끌 수 없는 것이고. 이것은 주상전하의 은혜로만 꺼지는 불이다."

김충선은 순간 낙담하고 만다.

"장군, 아직도 미련을 접지 못하시고 꿈을 꾸시는 겁니까?"

이번의 목청은 다소 높았다. 이순신은 주변의 다른 죄수들을 의식하며 자신의 목소리를 더욱 낮췄다.

"이틀 전에 그들이 다녀갔다. 꿈이 아니란 사실은 이미 깨우쳤지. 내가 위험하리라는 사실을 어찌 모르겠는가?"

"그들이라 하시면 좌상의 무리겠죠. 임금의 뜻이라 여기면서 조선을 기만하는 간신배들과 그런 족속들을 철저히 이용하는 왕 선조!"

"그래서…… 이 혼란한 시기에 감히 역모를 꾀한단 말인가? 그 건 이 나라와 백성들을 참으로 도탄에 빠뜨리는 길이야. 그걸 왜 몰라?"

김충선은 답답하다는 듯이 긴 한숨을 내쉬었다. 이리도 벽창 호가 있나 싶었다. 향후 도저히 인내할 수 없는 혹독한 고문과 차라리 죽고 싶을 정도의 잔인한 추국이 기다리고 있지 않은가. 이 사람은 무쇠로 이루어져 있는가? 어찌 고통을 두려워하지 않는 것일까.

"나도 사람인 것을…. 어찌 형벌이 무섭지 않을 수 있겠는가? 그래도 이건 아니 되는 것이야."

"그럼 어이 하시면 되겠습니까?"

김충선은 가까스로 감정을 억제하며 물었다.

"왜적들을 물리쳐야 한다!"

"그러기 위해서는 장군이 계셔야 하지 않습니까?"

이순신은 뇌옥 밖의 김충선을 묵묵히 응시하였다. 그냥 떠올리기만 해도 신기하고 희한한 놈이었다. 대관절 이 왜놈도, 조선인도 아닌 반쪽이 무엇 때문에 자기 목숨을 걸고 새로운 조선을 건국하자고 이 난리인가?

"내 그럴 형편이 아닐지니 그대라도 이 나라를 지켜다오."

김충선은 부아가 치밀어 올라서 퉁명스럽게 대답했다.

"왜 그래야 합니까? 장군이 계시지 않은 조선이 내게 어떤 미련을 남길 수 있겠습니까? 전 의미가 없습니다. 이 전쟁에는 이제."

이순신이 빙그레 웃었다. 지난 달 26일 함거로 이송되며 단 한 번도 얼굴에 웃음이 떠오른 적이 없었다. 그런 그가 웃었다. 그의 미소는 소년의 미소를 닮아 있었다.

"훗, 철부지 아이처럼 떼를 쓰는구나. 사실 넌 나보다도 더 조선을 사모하지 않느냐. 알고 있느니라."

김충선은 웃지 않았다.

"장군! 그걸 아시면서 어찌 이 나라의 장래를 모르시는 겁니까?"

"장래라……?"

"최강의 조선을 구축할 수 있는 절호의 호기를 외면하신다면 결국 이 나라는 망하게 될 겁니다. 왜적이거나, 오랑캐에 의해서! 장군이 존재하지 않는다면 그건 피해갈 수 없는 운명입니다."

이순신의 눈가에 희미한 경련이 스쳐 지나갔다. 그리고 방금 전까지도 무력했던 사람이라고 전혀 느낄 수 없는 다른 신광이 쏟아졌다.

"조선이 망한다고 하였느냐?"

"예,"

"내가 존재하지 않는다면 조선이 멸망하는 운명이라는 건가?"

"의당 그러하오이다."

"믿을 수가 없다. 신뢰할 수 없는 말이야. 난 그런 믿음이 없는 말을 무시한다."

김충선은 호흡으로 감정을 조절하며 이순신에게 반박한다.

"조선의 멸망을 믿지 못하십니까?"

"그렇다!"

"왕이 충성스러운 신하를 욕되게 하여 결국 형장의 이슬로 사라지게 하고, 조금이라도 백성들로부터 신망을 얻게 되면 경계하고 음해하며, 또한 매질을 하고 귀양을 보내는 것이 제대로 된 군주입니까? 오직 왕권에 노예가 되어 분당을 조장하고 군주의 위세로 진리를 왜곡하니 이러한 나라가 정상으로 경영되리라 보십니까?"

이순신은 입을 다물었다. 평상시라면 의당 크게 꾸짖고 노화를 터뜨려야 마땅하였다. 하지만 그도 살과 뼈로 이루어진 사람이었다. 감정이 존재하고 오감五感이 살아 숨 쉬었다. 조선의 왕 선조에 대하여 이순신은 이미 어떤 기대도 하지 않고 있는지도 몰랐다. 이순신은 이제 사야가 김충선이란 조일인朝日人이 두렵고 무서웠다. 그와 마주하고 있으면 강한 조선을 위한 결단을 내려야만 할 거 같았다. 그래서 이순신은 눈을 감았다. 그런 이순신을 향해서 펄펄 끓어오르는 젊은 기백의 김충선이 마지막 승부수를 던졌다.

　"서애 대감이 그렇다고 하시면 믿으시겠습니까? 홍의장군은 신뢰 할 만하시지요? 그럼… 마지막으로 이분은 어떠하십니까? 도원수 권율 장군 말입니다. 이들이 이구동성으로 장군을 원하신다면 그때는 인정 하시겠습니까?"

　도원수 권율이란 이름은 얼마나 대단한가? 조선의 왕 선조가 가장 신뢰하던 장수 신립申砬이 임진년 초에 충주의 탄금대에서 왜적에게 전멸 당하고 순절殉節한 후, 유일하게 의지하고 있는 노장군이었다. 이순신은 대꾸하지 못했다. 단지 오랜 시간 동안 눈을 감고 있었을 뿐이다. 마치 애초부터 그렇게 혼자인 듯 그와 대화를 나누던 상대는 흔적조차 없이 사라지고 없었다. 그때 바람은 불지 않았고 다만 등화의 그림자는 펄럭였다. 이순신은 흔적도 없는 바람에 흔들리는 불빛처럼, 자신의 요동치는 마음을 젖 먹던 힘까지 다해 가까스로 붙들고 있었다. 그는 나지막하게 어부사漁父辭를 읊었다.

11장

×

홍의장군 곽재우

기진맥진하다.

망궐례를 올렸다.

남해를 떠올리면 조바심으로 가득하다.

적은 파도를 타고 넘실거릴 것이다.

죽음의 바다가 되지 않기를.

두 손 모아서 기도한다.

나의 영靈과 혼魂이 그 바다를 수호할 수 있기를.

-이순신의 심중일기 1597년 정유년 3월 7일 정유-

屈原旣放 游於江潭 行吟澤畔

굴원기방 유어강담 행음택반

顔色 憔悴 形容 枯槁

안색 초췌 형용 고고

漁父 見而問之曰子非三閭大夫與 何故至於斯

어부 견이문지왈자비삼려대부여 하고지어사

屈原 曰擧世皆濁 我獨淸 衆人皆醉

굴원 왈거세개탁 아독청 중인개취

我獨醒 是以見放

아독성 시이견방

漁父 曰聖人 不凝滯於物而能與世推移

어부 왈성인 불응체어물이능여세추이

世人 皆濁 何不淈其泥而揚其波

세인 개독 하불굴기이양기파

衆人 皆醉 何不餔其糟而歠其醨

중인 개취 하불포기조이철기리

何故 深思高擧 自今放爲

하고 심사고거 자금방위

屈原 曰吾聞之

굴원 왈오문지

新沐者 必彈冠 新浴者 必振衣

신목자 필탄관 신욕자 필진의

安能以身之察察 受物之汶汶者乎

안능이신지찰찰 수물지문문자호

寧赴湘流 葬於江魚之腹中 安能以皓皓之白 而蒙世俗之塵埃乎

영부상류 장어강어지복중 안능이호호지백 이몽세속지진애호

漁父 莞爾而笑 鼓枻而去

어부 완이이소 고설이거

乃歌曰滄浪之水淸兮 可以濯吾纓

내가왈창랑지수청혜 가이탁오영

滄浪之水濁兮 可以濯吾足

창랑지수탁혜 가이탁오족

遂去不復與言

수거불복여언

굴원이 죄 없이 추방을 당해

강과 못 사이를 쏘다니고

연못가 거닐며 슬픔 노래 읊조리니

얼굴은 시름겨워 초췌해지고

형용은 비쩍 말라 야위었더라.

어부가 이를 보고 물어 말하길.

"그대는 삼려대부三閭大夫가 아니신지요?

이런 곳엘 무슨 일로 오신 거요?"

굴원이 대답하기를,

"온 세상 모두가 흐려 있는데

나 혼자만이 맑고 깨끗했으며,

뭇 사람들 모두가 취해 있는데

나 혼자만이 맑은 정신 깨어 있어서

그만 이렇게 추방당한 것이라오."

어부가 이 말 듣고 말을 하기를,

"성인은 사물에 막힘이 없어

세상과 추이推移를 같이 한다오.

세상사람 모두가 흐려 있다면

어찌하여 그 진흙에 같이 동조하여

그 흙탕물을 더 높이치지 않고서,

뭇 사람 모두가 취해 있다면

그 술지게미 배불리 먹고

물에 탄 술이라도 마셔 두지 않고서

어째서 깊은 생각, 남보다 고상한 행동을 하여

스스로 추방을 불러 왔소?"

굴원이 이 말 듣고 다시 말하기를,

"내 일찍 이런 말 들은 적이 있다오.

금방 머리 감은 이는 반드시 관을 털어 쓰고

새로 몸을 닦은 이는 옷을 털어 입는다오,

그러니 어찌 이 깨끗한 내 몸으로

저 더러운 수치를 받아 드릴 수 있겠소?

차라리 상수湘水에 몸을 던져

물고기 뱃속에 장사지낼지언정

어찌 이 희고 깨끗한 내 몸에

세속의 먼지를 뒤집어 쓸 수 있겠소?"

어부가 그 소릴 듣고서 빙그레 웃고는

노 소리 요란하게 배를 저어 떠나며,

'창랑의 물결이 맑을 때라면

이 내 갓끈 씻을 수 있고,

창랑의 물결이 흐릴 때라면

이 내 발이나 씻어보리라.'

그리고 마침내 떠나 버리곤 말이 없구나.

* * *

이순신이 어부사를 마치고 비몽사몽간에 눈을 뜨자 그 자리에
는 김충선이 다시금 모습을 드러내고 있었다. 분명히 기척도 없
이 홀연 떠났던 것이었는데 어느 틈에 돌아와서 물끄러미 이순

신을 지켜보고 있지 않은가. 게다가 이번에는 혼자가 아니었다. 그의 등 뒤에서 비단 면사로 얼굴을 가린 인영이 어른 거렸다.

"뉘신가?"

김충선이 야심한 시각에 의금부의 감옥으로 모셔온 손님이라면 심상치 않은 내력의 소유자일 것이란 생각이 들었다. 여인은 특유의 억양으로 나직하게 속삭였다.

"일전에 인사드린 건주위의 아율미이옵니다."

이순신은 가볍게 기침을 토하였다. 생각보다도 건주위의 공주는 민첩하게 행동하고 있었다. 자신에게 김충선을 만나겠다고 통보한 후 만 하루가 지나지 않았는데 그들은 함께 어울리고 있지 않은가.

김충선이 심각한 어조를 뱉어냈다.

"장군, 여진 건주위에서 소장을 만나고자 합니다."

일패공주 아율미가 이순신의 허락을 요청했다.

"김충선 장군을 모시고자 하는데… 그는 반대하고 있습니다. 장군의 신상에 변고가 발생할 것을 염려하고 있는 듯합니다. 그렇기 때문에 한시라도 빠르게 건주위의 아버님을 뵈어야 한다고 생각합니다. 서둘러야 합니다."

이순신의 시선이 사야가 김충선에게로 향하였다. 김충선은 의지가 굳은 얼굴로 이순신을 마주 바라다보았다. 이순신의 퀭한 눈매가 옥살을 마주하고 김충선의 가슴을 억눌렀다.

"너의 생각은 묻지 않겠다. 그러나 난 원하지 않는다."

"동행을 거절 하라는 말씀인가요?"

일패공주 아율미의 눈이 묻고 있었다. 그녀의 눈매가 마치 비수의 예리함이 반짝이는 것처럼 뿜어 나왔다. 사악한 빛은 아니었으나 예리했다. 이순신은 담담히 미소 지었다. 잠시의 침묵이 옥사에 내려앉았다.

"가르침을 내려 주소서."

일패공주 아율미는 귀를 기울였다. 이순신은 정적이 가득한 뇌옥에서 사야가와 건주위의 왕녀를 올려다봤다.

"나를 위해서 자신을 희생하려는 짓을 멈추라는 것이다."

사야가 김충선은 눈물이 왈칵 목구멍을 타고 넘어오는 것만 같았다. 이순신은 정녕 아직도 자신의 위험을 감지 못하고 있단 말인가? 건주위의 왕녀는 냉정한 태도를 유지했다. 그러나 목소리는 사뭇 비장했다.

"그렇긴 하지만… 건주위의 아버님과 조우해야만 대업을 성취할 수 있어요. 명국은 조선 조정의 세력이고 일본은 절대 손을 잡을 수 없는 적의 세력이죠. 여진만이 장군을 도와줄 수 있어요. 아버님을 만나시는 게 맞아요."

이순신의 작은 어깨가 바람 앞의 갈대처럼 흔들리고 있는 것만 같았다. 하지만 그는 여전히 기개가 굳건했다.

"대업이라니, 당치도 않다."

건주위의 왕녀는 이순신의 아집에 짤막한 목을 좌우로 흔들었다.

"사야가, 당신도 통제사의 의도를 확실히 들으셨지요. 그래서 몇 가지 질문에 솔직하게 대답해 줘야겠어요."

사야가 김충선은 대업을 포기한다는 이순신의 말을 인정하고 싶지 않았다.

"어떤 진실을 원하시오?"

김충선은 상대방의 신분을 이미 알고 있는지라 최대한의 예의를 갖추고 정중히 물었다. 그녀가 싱긋이 웃었다. 그녀의 나라 여진처럼 자유롭고 투쟁적인 미소였다.

"통제사를 구출할 계획인가요? 김덕령 장군의 탈옥처럼 원하지 않으면 어찌 되나요? 그리고 이순신의 나라를 장군이 원하지 않는다면 우리의 행동들은 아무런 의미가 없어지는 것이지요. 그때는 어떻게 되는 겁니까?"

"……"

김충선은 이 문제를 생각해 보지 않은 것은 아니었다. 조선의 인물들은 가끔 도저히 이해할 수 없는 선택을 주저하지 않고 하지 않았던가. 이런 경우는 조선인으로 살고자 결심했을 때부터 숱하게 만나온 일들이었다. 그래서 이제는 결코 낯설지 않은 풍경이 되었다. 자신만 하더라도 그랬다. 일본 같았으면 전혀 상관도 없을 일이었다. 병신년의 김덕령 사후死後, 자신은 감히 장예지를 찾지 못하였다. 김덕령의 정혼자로 이제 홀로 남겨진 여인이었다. 그녀는 김덕령의 여자였던 동시에 김충선에게는 둘도 없는 조선의 무술 제자였다. 계사년과 갑오년의 두 해를 거쳐서 김충선은 아낌없이 자신의 무술을 지도해 줬었다. 그녀는 매우 훌륭한 제자로 사부인 김충선을 존경했다. 그들은 각별한 스승과 제자였으며 그 이상도 이하도 아니었다. 하지만 김덕령이 음

해로 역적이 되어 사망하자 김충선은 그녀를 만나지 않았다. 이 상하게도 자신이 없었다. 그것이 남녀의 기이한 감정의 파고波高라는 것을 늦게 서야 깨달을 수가 있었다. 비련의 안타까움이 혹시나 조선의 예의에 어긋남이 되지 않을까 하는 심려心慮였다. 이 순간에도 이순신은 반응하지 않았다. 그는 마치 곧은 대나무와 같았고 푸른 솔잎이 무성한 소나무처럼 견고했다.

"이순신 장군은 아직도 조선의 왕에게 미련이 남아 있으신 모양입니다."

이순신의 눈에서 노기가 뿜어졌다.

"고얀 왕녀로세!"

건주위의 일패공주는 고혹적인 미소를 머금었다.

"공연한 시간 낭비 하는 건 아니겠지요? 더구나 아버님께서 이순신 장군의 거사에 협조하기 위한 실질적 돌출 행동에 앞장 서시게 된다면…. 이건 매우 중대한 역사적 사건입니다. 사야가, 장군도 일본 정벌을 위한 사전 공작으로 일본의 이인자라 할 수 있었던 도쿠가와 이에야스와 밀담을 나누었던 과거가 있으니 충분히 납득할 수 있으리라 생각됩니다."

김충선은 당시의 밀약을 떠올리며 얼굴이 붉어짐을 느꼈다. 그것은 나라의 운명을 가늠하는 거래이기도 했다. 교토의 천황 가문을 조선의 기습조가 장악하고, 조선을 침략하여 명분 없는 전쟁을 일으킨 도요토미 히데요시를 일본 황실에서 배척시켜 결국 도쿠가와의 대군이 히데요시를 응징하는 작전이었다. 사야가 김충선은 당시 이 밀약을 성사시키고 조선으로 귀국했었다. 그러나 유성룡의 반대로 이순신은 결단을 내리지 못했고 전쟁을 종식 시킬 수도 있던 기회는 무산되었다.

"반드시 성사시켜야할 일입니다. 장군의 선택에는 여지가 없습니다. 그럼에도 불구하고 만일 장군이 이번 대업을 포기하신다면…… 그것은 참으로 불행한 조선으로 남을 것입니다."

이순신은 고개를 냉정하게 저었다.

"그렇지는 않을 것이다. 조선의 뿌리가 그리 쉽게 허물어지지는 않는다. 그보다 앞으로 여진으로서도 절대 손해나는 장사는 아닐 것이다."

아율미의 눈썹이 치켜 올라갔다.

"어째서 그렇지요?"

"조선의 새나라가 아니더라도…… 여진은 중원을 정벌하여 금나라를 부흥시키는 것을 목표로 하고 있으니 당연 명국에 대한 전쟁을 계산하고 있지 않겠는가. 나와의 밀약이 아니더라도 여진은 차질 없는 군사를 운용하고 있을 것이라는 게 나의 견해다. 두고 보아라."

"그렇다면…?"

"이번 대업과는 관계없이 이미 철두철미한 군사전략을 확보하고 있기에 큰 영향을 받지 않을 것이다. 이건 왜의 도쿠가와 이에야스도 마찬가지다. 그들은 흔들림 없이 자신만의 포석布石을 전개하고 있다. 자신들의 나라를 꿈꾸며 말이다."

사야가 김충선은 이순신이 이미 주변 정국을 통찰하고 있다는 생각을 지울 수가 없었다. 그렇다면 본인은 어째서 대업에 전혀 관심을 두지 않는 것일까?

"그렇다면 장군, 저희도 새로운 하늘을 열어야 하는 것 아닙니까? 개천開天을 해야 합니다!"

건주위의 왕녀도 강조했다.

"이순신 장군의 새나라가 건국된다면 일본이 두 번 다시 대륙 침략을 꿈꾸지 못할 것이고 현재의 조선 조정처럼 명나라에 대한 일변도 외교를 하지 않을 것입니다. 그리고 여진도 명을 정벌하기가 좋을 것입니다."

이순신은 갑자기 그들을 외면했다.

"어리석은 일이다."

사야가 김충선은 울분이 목구멍을 비집고 쏟아져 나왔다.

"진정 어리석은 것은 조선의 왕 선조가 아닙니까? 장군의 충정을 그는 무시하고 짓밟고 있습니다. 조선이 가장 원하고 있는 장군을 철저히 붕괴시키고자 하는 것입니다. 실로 극악한 처사이옵니다."

건주위의 왕녀 역시 도발을 서슴지 않았다.

"장군님도 이제는 선택의 여지가 없음을 분명히 깨달으셔야 합니다. 조선의 어리석은 왕을 위하여 죽을 것이냐? 아니면 조선의 백성들을 위해서 살아야 할 것인가? 결단을 내리셔야 합니다."

이순신의 목에 핏대가 시퍼렇게 솟아올랐다.

"물러가라, 새벽 망궐례를 올려야 한다."

* * *

서문 밖 객주의 문소리가 나직하게 울리자 그들은 기다렸다는 듯이 몸을 일으켰다. 전 종사관 정경달과 이울이었다. 그들은 이순신의 함거와 동행하여 한양까지 따라왔다. 잠시 후면 새벽 닭이 울어댈 시간이지만 그들은 뜬눈으로 사야가 김충선을 기다리고 있었다. 정경달이 초조해하며 물었다.

"장군님은 어떠시오?"

"기력이 상하셨지만 아직은 견디고 계시오이다."

김충선은 건주위의 아율미에 대해서는 함구하기로 마음먹었다. 공연히 이들에게 혼란을 안겨줄 수도 있다는 판단이 들었기 때문이다. 그때 바로 옆방에서 대나무와 같은 청명한 선비의 소리가 건너왔다.

"자네 있는가?"

방문이 열리면서 붉은 도포자락이 눈에 바로 띄었다.

홍의장군 곽재우, 사야가 김충선과 지난 수년간 적진을 누비면서 만났었던 의병장이었다. 그는 이순신이 위험에 처했다는 소식을 듣자 한달음에 달려온 것이다. 그의 뒤로는 이순신의 장남 이회의 긴장한 얼굴도 드러났다.

"곽 장군님이 오셨군요!"

사야가 김충선은 반가움에 와락 곽재우를 끌어안았다. 곽재우의 부리부리한 눈이 김충선을 정면으로 응시했다.

"통제사를 면회하고 왔다고?"

"비공식적으로 뵈었습니다."

붉은 도포자락을 휘날리며 적장을 누비던 홍의장군 곽재우는 오늘 심려가 깊은 눈빛이었다. 공식적인 면회가 아니었다면 은밀한 거래가 있었다는 말이 아니겠는가.

"쉽지 않았을 터인데 용하구만."

의금부의 옥중 면회는 성사되기가 매우 어려운 것이 사실이었다. 더구나 그 장본인이 삼도수군통제사 이순신이라면 실로 엄중하게 다루어질 사안이었다. 그런데 조일인, 사야가 김충선은 마치 잡범을 면회하듯 순조롭게 다녀왔다는 것이 아닌가? 대담한 항왜 장수로는 알고 있었으나 그는 언제나 중인들의 생각 위에 존재하고 있는 것만 같았다. 정경달도 혀를 끌끌 찼다.

"통제사 영감을 뵈었다니! 실로 놀라운 일이야."

이회도 내심 감탄사를 내뱉고 있었다.

'과연 이 친구는 불가능한 일이 없을 것 같군.'

그런 이회를 한번 힐끔 훑어보던 김충선이 자세를 낮추고 일행을 살펴보았다.

"소생이 생각하기에 이 모든 배후에는 임금, 우리들의 그 잘나신 왕께서 존재하십니다."

정경달이 분을 못 이겨 이를 부드득 갈았다.

"임금이 원흉이 아니면 누구라는 겁니까?"

그는 다소 과격해 있었다. 선조에 대한 반감이 그대로 표출되었고 이것은 또한 이유가 존재 했다. 정경달은 본래 왜란이 발생했던 임진년의 3년 전인 기축년에 대대적인 역모 사건의 주동자

로 지목되었던 정여립鄭汝立과 연관이 있었다. 기축옥사己丑獄死
라 불려지던 이 사건은 무려 1천여 명의 관련자들이 희생당하거
나 옥고를 치른 것으로 특히 동인들의 피해가 엄청났다.

 '천하는 일정한 주인이 따로 없다'는 천하공물설天下公物說과
'누구라도 임금으로 섬길 수 있다'는 하사비군론何事非君論을 주
장하여 왕권의 체제를 뒤흔들었던 기인 정여립 역시 역적의 누
명을 쓰고 스스로 목숨을 끊었다. 이 또한 선조의 작품으로 당권
이 강화된 동인을 누르고자 자행한 음모였다.

 "죽도 선생이나 익호장군은 백성들의 인기가 대단했지요. 그
분들은 절대 반역을 도모할 분들이 아니었습니다. 그리 처리할
일이 아니었지요."

 의병장 곽재우가 혀를 찼다. 죽도 선생은 정여립을 말함이고
익호장군은 김덕령이었다.

 "이순신 장군이 또다시 희생당하는 비극은 절대 막아야 합니
다."

 곽재우는 지난해 김덕령이 반역죄로 고문 끝에 옥사 당하자
그 즉시 의병들을 해산하고 산중으로 칩거에 들어갔었다. 그러
한 그를 이회가 방문하여 부친 이순신 장군의 한양 압송 사실을
고하였고 그 길로 달려온 터였다.

 "장군께옵서 한 걸음에 달려와 주시니 진정 감읍할 따름이외
다."

 정경달은 분노와 감격이 뒤범벅이 되어 서럽게 눈물을 흘렸
다. 그의 어깨를 가볍게 안아주며 곽재우도 눈시울을 붉혔다.

"우리 모두 이 통제사의 무사 귀환을 위해 애씀이 아니겠소. 오로지 나라의 안위만을 위하여 바다의 적들을 물리치신 통제사님이 아니시오. 이번 불행을 미연에 방지해야만 합니다. 그게 아니 되면 조선은 희망이 없어요."

김충선이 급하게 전황을 설명했다.

"장군이 체포되었다는 사실을 왜 군영이 파악하고 암살조를 급파했습니다."

곽재우의 안색이 크게 변하였다.

"사실인가?"

이울과 정경달이 입에 거품을 물었다.

"충선이 아니었다면 부친의 희생을 가로막지 못했을 것입니다."

그들의 설명에 따라서 곽재우의 얼굴에 안도감이 감돌았다. 생각할수록 사야가 김충선이 보통 장수가 아니라는 사실을 확인하고 있었다. 김충선은 향후 전개될 정황에 관하여 사견을 펼쳐냈다.

"이제 그들은 대규모 공격을 감행하게 될 것입니다. 임진년의 전쟁 경험으로 그들의 침투 전략은 수정되어져 있습니다. 먼저 남해와 호남을 장악하고 조선의 서북을 종단할 것입니다."

"그럼, 아홉 개의 나랏길 중 임진년에 택하지 않았던 관도를 노릴 것이란 말이구려."

"강화협상이 오히려 도요토미 히데요시의 감정을 극도로 악화 시켰습니다. 이번 정유년의 침략은 더욱 광폭해질 것이니 한

시바삐 대책을 마련해야 하거늘! 이러한 시기에 장군을 구금하는 왕은 대관절 어느 나라의 왕이란 말입니까?"

김충선의 한탄을 받아서 정경달이 말문을 이었다.

"그래서 영의정을 뵈었습니까?"

곽재우는 참지 못하고 반응을 보였다.

"서애 대감은 이번 사태를 어찌 보고 계시오?"

"아버님을 천거했던지라 매우 난감해하고 계십니다. 공연히 나설 경우 당파의 쟁점이 되는 것은 물론이거니와 왕의 심기를 어지럽혀서 크게 화를 당하지 않을까 고심의 빛이 역력하였습니다. 이는 아마도 기축옥사와의 영향이 크지 않을까 싶습니다."

"으음."

신음하는 곽재우를 김충선은 정면으로 바라보았다. 임진년부터 의병을 일으켜 전선을 누비던 그의 나라 사랑을 누구보다도 깊이 이해하고 있었다. 그의 용맹과 충성스러움은 언제나 경외의 표상이었다.

"장군, 유성룡 대감에게 청원하였습니다."

"이 장군의 구명을 요청하였는가?"

"아닙니다. 이 장군님의 나라를 요구했습니다."

곽재우는 순간 움찔 몸을 도사렸다. 어떤 충격적 상황에도 의연할 수 있는 장부라 자부하던 그였지만 이번 사태는 달랐다. 이것은 말로만 듣던 역모였다. 조선의 신하로서 곽재우는 이 순간 오만가지 상념이 스쳐갔다. 침묵이 이어졌다. 이울이 담담하게 입을 열었다.

"놀라게 해서 대단히 죄송하옵니다. 장군, 다른 도리가 없사옵니다. 이대로 방관할 수는 없는 거 아닙니까? 덕령이 죽어가는 길을 아버님이 가시도록 바라보고만 있을 수는 없지 않겠습니까!"

정경달도 주먹만큼 한 눈물을 뚝뚝 떨어뜨렸다.

"곽 장군님의 도움이 필요합니다."

정경달은 말을 잇지 못하고 연신 눈물을 훔쳐내고 있었다. 곽재우는 여전히 입을 다물고 눈을 지그시 감았다. 쉽게 결정 내리기에는 그 사안이 너무 엄청난 것이었다. 많은 생각이 필요했다. 사야가 김충선은 칼집에 손을 얹었다.

12장

×

영웅을 그리며

왕의 총애寵愛를 누가 받고 있는가?
서애 대감과 도원수가 조선의 신임을 받는 충신들이다.
그들과의 인연因緣은 참으로 무겁다.
또 다시 정유년의 왜침 조짐이 있는 시기에
그들은 어떤 결단을 내릴 것인가?
나를 신뢰信賴함으로 두렵다!
이번의 재침략再侵略은 왜놈들의 발악이니
내가 존재하지 않는 조선의 바다가 우환憂患이다.
나를 거북의 바다로 자유롭게 풀어다오!

-이순신의 심중일기 1597년 정유년 3월 8일 무술-

곽재우의 장도長刀는 한 자 거리에 떨어져 있었다. 최악의 경우 김충선의 칼은 그의 행동보다도 빨라야 했다. 긴장감이 손끝을 축축이 적셔왔다.

"이런 무모한 일이 있는가?"

곽재우가 오랜 침묵 끝에 말을 뱉었다. 조용히 감겨있던 두 눈도 부릅떠져 있었다. 김충선은 지지 않고 눈을 주시했다.

"무모하지 않으면 역사가 이뤄지지 않습니다."

"잊었는가? 왜의 대군이 코앞으로 달려들고 있지 않은가? 정변이라니! 이건 아닐세."

"그래서 반드시 필요한 것입니다. 이순신 장군이 아니시라면 조선은 왜에게 멸망당합니다."

"자네가 장담하는가?"

김충선은 물러나지 않았다.

"그렇습니다. 만일 장군이 이번 추국과정에서 고문으로 서거하신다면 조선의 백성들은 희망을 잃게 됩니다. 이것은 병신년의 김덕령 희생과는 비교도 할 수 없는 파탄입니다. 사기가 저하된 삼도수군은 오합지졸이 되어 수장 당하게 뻔합니다. 이 장군을 대신할 원균 장군은 왜나라 수군 수뇌부의 작전을 감당 못합니다. 이 장군을 추종하는 관리들과 장수들이 혼란을 겪을 즈음 일본의 대군은 이번에야 말로 완벽하게 조선을 유린하게 될 것입니다. 누가 어떤 의로운 병사들이 조선을 지키기 위해 나설수 있단 말입니까? 어쩌면 곽 장군님도 잠적하려 하시지 않겠습니까? 우리는 단순히 이 장군님만을 구하려는 목적이 아닙니다. 우리는 강한 조선을 원합니다. 이순신 장군만이 세울 수 있는 강력한 나라를! "

곽재우는 말문이 막혔다. 그의 말이 옳았다. 삼도수군통제사 이순신을 잃게 되는 것은 조선을 잃게 되는 것이리라. 그리고 마지막 말이 곽재우의 가슴을 더욱 떨리게 만들었다.

"내게는 오천에 달하는 항왜 병력이 있습니다. 그들은 오만을 능가하는 힘을 지니고 있지요. 왜냐하면 그들은 절대 일본이 승리해서는 안 되는 이유를 지니고 있으니까요!"

일본으로부터 조선에 투항한 항왜 병력은 산발적으로 흩어져 있었다. 단지 임진년에 김충선을 따라서 항복했던 병사들은 대다수 경상도와 호남의병으로 활동 중이었다. 조선에 정착한 그들은 일본에게 있어 최대의 배신자였다. 곽재우는 자기도 모르게 소리쳤다.

"내 의병도 칠천이다!"

홍의장군의 목소리에는 의병들에 대한 신뢰가 상당하였다. 만일 김덕령 장군에 대한 모함만 아니었다면 그의 병력은 더욱 확대 되었을 것이고 사기가 충천했을 터였다.

"우리가 모여 행동하고 있다는데 매우 놀라시지는 않던가?"

이순신의 장남 이울은 변복을 하고 수옥에 잠입했던 김충선에게 부친의 태도에 궁금증을 보였다.

"예상대로 강경하더이다."

곽재우는 당연하다는 듯이 고개를 끄덕였다.

"이 장군님이 그리 쉽게 우리들의 뜻을 받아 드리시겠나. 의당 한 가지만을 고집하시겠지.

"아버님의 뜻을 세울 수 있도록 도와주십시오."

이울은 부친의 이야기에 금세 눈시울이 붉어지며 곽재우를 정면으로 응시하지 못하고 고개를 떨어뜨리며 말했다. 김충선이 울의 어깨를 감싸 안는다.

"그래도 희망적이네. 장군의 심경에 변화의 조짐이 확인되었으니까."

이순신의 종사관으로 왜란 중 막대한 활략을 펼쳤던 정경달이 반가운 얼굴을 했다.

"그게 사실인가? 장군님이 우리의 제안에 숙고熟考 하시든가?"

"한 차례 조정 대신들이 장군을 면담하고 돌아간 모양입니다. 그들은 장군을 핍박했을 것이고, 장군은 위기를 직감하고 계십니다."

정경달이 울분을 토해냈다.

"어떤 작자들이 장군에게 무례를 범한 것이오? 내 기회가 된다면 장작에 도끼질하듯 손을 봐 주리다. 어떤 놈들이요?"

그는 본래 수군통제사였던 이순신의 막하에서 행정과 징모, 군수조달, 전령과 시찰, 명나라 장수들과의 외교까지 팔방미인으로 활동한 경험이 있었다. 따라서 정경달의 식견識見은 탁월하였으며 그 범위도 상당히 넓었다. 조정으로부터 그 공적을 인정받아 통정대부通政大夫에 올랐으니 결코 평범한 인물은 아니다.

"장군이 결정 하신다면 여기 곽 장군님은 물론이고 정기룡 장군과 서애 대감, 그리고 호남의 전 수군이 합류하게 될 것입니다. 물론 육군을 장악하고 있는 도원수 권율 장군과 명나라 군사들이 관건입니다만… 도원수는 서애 대감과 곽 장군님이 설득해 주신다면 분명 의지를 굳히실 겁니다."

"곽 장군님은 소생과 함께 도원수를 방문하시는 것이 어떻겠습니까? 이 장군님도 서애 대감과 도원수의 지지만 있다면 결코 외면하고만 있을 수는 없을 것입니다. 장군도 결행하실 겁니다!"

김충선의 말에 홍의장군은 망설이지 않았다.

"그럽시다. 한시가 급하니 서둘러야겠지요. 만일 권 장군만 합류해 준다면 조선의 운명이 바뀔 것이오!"

이회가 울과 함께 곽재우에게 큰절을 올렸다.

"장군의 은혜에 어찌 보답해야 하는 겁니까?"

홍의장군 곽재우는 즉각 그들 형제의 손목을 잡아 일으킨다.

"왜들 이러나? 장군과 나는 일찍이 왜적의 공세에 대항하여 힘을 합치고 최선을 다한 이 땅의 백성이며 신하일세. 나 역시 무고하게 누명을 쓰고 감금되었을 때 장군이 탄원을 올리고 구명을 하셨던 전례가 있다네. 허약한 조정의 썩은 무리들이 득실거리게 되면 끝내 조선은 희망이 없지 않은가. 이 장군이 무너지면 남해가 적의 수중에 떨어지고, 그것은 곧 호남과 경상이 유린된다는 것을 의미하지. 임진년에 이어 또 얼마나 많은 군사와 백성들이 희생당하겠는가? 두 번 다시 그런 비극은 발생하지 말아야 하네."

"과연 도원수 권율 장군이 동참하시겠습니까?"

"장담할 수는 없지. 단지 최선을 다할 뿐!"

이때, 정경달이 자리를 박차고 일어났다. 이울이 갑작스러운 그의 태도에 의아하며 물었다.

"어디 가십니까?"

"곽 장군과 충선… 두 분이 먼 길을 떠나셔야 하니 우선 배를 두둑이 채우셔야 할 듯합니다. 주모를 깨워 조반을 채비시켜야지요. 투실하게 살이 오른 씨암탉도 두어 마리쯤 잡아 달라고 해야겠소. 그동안 눈들 붙이고 계시오."

"왜 이러십니까? 소생이 처리하겠습니다."

이울이 서둘러 몸을 일으키자 정경달이 그를 억지로 앉혔다.

"이 사람아, 이건 내가 전문일세. 자네는 휴식 좀 취하시다가 닭백숙이나 드시게나."

정경달이 방을 나선 후 잠시 짧은 침묵이 이어졌다. 먼저 곽재우가 벌러덩 잠자리에 누웠다.

"이러한 때에 김덕령과 김천일 장군만 계셨다면 분명 우리의 뜻에 동조해 주셨을 것이야. 참으로 안타깝군."

익호장군 김덕령은 영웅의 의기를 펼쳐 보지도 못한 채 모함으로 생을 마감하였으나 본관이 언양인 김천일 장군은 용안현감과 강원도, 경상도의 도사를 지냈다. 그는 왜적을 피해 국왕이 몽진했다는 소식을 듣고 호남에서 가장 빠른 5월 나주에서 의병을 일으켰다. 임진 다음 해인 계사년 6월 2차 진주성 전투에서 관군과 의병의 총 지휘관이 되어 4만에 달하는 적군을 맞아 물러서지 않고 장렬하게 싸우다 남강에서 전사했다.

"김천일 장군은 치도治道의 근본이 인재 육성이며 선비의 풍습을 바로 잡아야 하고, 관리를 제대로 임명해야만 나라가 올바르게 된다는 개혁의 상소를 올려 몸소 실천했던 선비요 의인이셨소."

"당시 아버님도 김천일 장군의 의로운 죽음에 매우 슬퍼하셨습니다. 조선의 별이 떨어지셨다며 탄식 하셨지요."

김충선도 잠시 휴식을 취하기 위해 몸을 눕혔다. 문득 4년 전의 2차 진주성 전투의 지옥도가 떠올랐다.

"그야말로 아비규환이었습니다. 4만에 달하는 일본 병력을 10일 가까이 3천 5백여 명의 관군과 의병으로 싸웠습니다. 물론 일반 백성들과 부녀자들도 도왔지요. 그러나 1차 진주성의 패배를 만회하려는 일본 왜적들의 공략은 집요했습니다. 고니시 유키나가의 제 1군 병력 1만 5천 명과 가토 기요마사의 제 2군 1만 3천 명, 그리고 제 8군 우키다 히데이에의 1만여 명이 악귀처럼 달려들었습니다."

천정을 응시하며 중얼거리는 김충선의 나지막한 음성은 흡사

천둥처럼 곽재우와 이회, 이울 형제의 귀에 울려왔다.

"기어코 성은 함락 당하고 진주성 내의 군사들은 물론이고 6만에 달하는 주민들을 왜놈들이 처참하게 도륙했습니다. 어린 아이와 노인들, 심지어는 간난 아기까지 칼로, 조총으로, 불로 태워 죽임으로서 1차 진주성 전투를 복수하고, 자신들의 무서운 존재감을 조선에 재차 알리기 위해 그런 만행을 서슴없이 저질렀습니다."

그들은 누가 먼저라 할 것도 없이 울고 있었다. 건장한 사내 넷이 방바닥에 누워서 천장을 올려다보며 그냥 눈물을 주르르 흘린다. 분하고 원통하고 애절하여 복받치는 서러움이었다.

"창의사 김천일 장군과 아들, 경상우병사 최경회 장군과 충청병사 황진, 의병장 고종후 등 용장들도 전사하였지요. 당시 군, 관, 민을 학살한 왜적들을 조명 연합군은 관망만 하였습니다. 그것이 바로 명나라이며 조선의 조정이었던 것입니다."

곽재우는 눈물을 펑펑 흘리며 땅이 꺼져라 한숨을 내쉬었다. 1차 진주성 전투에는 직접 참여하여 당시 목사이던 김시민과 더불어 왜적들을 물리쳤었다. 그러나 8개월 후인 2차 전투에는 참전 시기를 놓치고 말았었다.

"진주성민의 의로운 선택으로 인하여 왜적의 주력 부대도 적지 않은 타격을 입게 되었고, 결국 호남과 경상으로의 진출보다도 명국과의 협상으로 돌아서게 된 것이 아니겠소. 진주성의 전 백성들이 조선을 위기에서 구한 것이라 생각하오. 그 성전에 참가하지 못함이 부끄럽소."

홍의장군 곽재우는 진심으로 부끄러워했다. 당시 그가 출전하지 못했던 까닭은 조정의 만류가 있었다. 임진년의 의병 활략으로 절충 장군折衝將軍 겸 조방장助防將, 성주목사星州牧使 등에 임명 되었던 것이다. 그러나 나이를 떠나 막역한 지기였던 의병장 김덕령 장군이 병신년에 이몽학의 난에 연루되어 사망하자 미련 없이 관직을 버리고 은둔에 들어갔던 곽재우였다. 김충선이 그를 위로했다.

"장군이 대신 저를 보내시지 않았습니까? 물론 그 역할을 제대로 수행하지 못했음에 변명의 여지는 없습니다."

이울이 그때의 상황을 명확히 알고 있다는 듯이 김충선의 가슴을 토닥였다.

"친구의 잘못이 아니야. 워낙 적의 정예 병력을 상대하기에 우리 측이 부족했으니까. 양민들이 어찌 전쟁을 치러 받겠는가. 수적으로도 절대 부족하였고, 패할 수밖에 없는 구조였다네. 자네는 최선을 다하였어. 오늘을 위하여 생존해 돌아온 것이 얼마나 다행스러운 일이든지…… 난 감사하네."

지난 일이 기억나는지 갑자기 이회도 거들었다.

"충선, 자네가 그 당시에 김덕령의 정혼녀定婚女 예지 아씨를 진주성에서 구해냈지 않았던가? 그렇지…. 아마도……"

"맞아. 형님이 말씀 하니까 생각납니다. 그게 인연이 되어 익호장군 김덕령과 교류하였고, 충선이 예지 아씨의 무술 스승이 되었지요."

곽재우도 그들의 관계를 이제야 알았다는 듯이 관심을 보였다.

"그런 일이 있었군."

김충선의 뇌리에 그때의 상황이 주마등처럼 스쳐갔다. 생사의 갈림길이었으나 매우 처연하면서도 아련한 추억이었다.

"당시에는 김덕령 장군과 정혼했다는 건 상상도 못했습니다."

이회가 문득 물었다.

"예지 아씨는 요즘 어찌 지내시는가?"

일시에 침묵이 찾아 들었다. 김덕령의 주검 뒤에 남겨진 그녀의 행방을 알 수 있는 길은 없었다.

"무사하시길 바랄 뿐이지요."

김충선은 그리 독백처럼 중얼거리며 여진의 당돌한 공주 아율미의 예리한 의심을 기억해 냈다. 의병장 익호장군 김덕령의 여자 장예지는 실상 잊고 싶어도 잊을 수 없는 여인으로 이미 김충선의 뇌리에 각인되어 있었다. 그녀를 만난 것은 4년 전 2차 진주성 전투가 벌어진지 사흘 후였다. 6월의 작렬하는 태양 아래 전투는 뜨겁고 무더웠다. 전선은 한 치의 양보도 없이 총탄과 화살이 난무 하였다. 그 처참한 현장으로 작은 물 항아리를 이고 이리저리 뛰어 다니는 댕기머리 소녀가 있었다. 목마른 병사들에게 꿀맛 같은 해갈을 안겨주던 그녀가 바로 장예지이다. 김충선도 그녀에게서 물을 얻어 마시며 혼신을 다하였다. 그러나 마침내 진주성이 왜적에게 함락되던 날 김충선은 위기에 빠진 그녀를 살려내어 탈출에 성공했었다. 장예지의 우수에 젖어 있던 모습을 마지막으로 떠올리며 김충선은 깊은 상념에서 빠져 나왔다.

"잠시 다녀올 곳이 있습니다."

정경달은 제법 살이 오른 닭다리를 김충선에게 내밀었지만 그는 마다하고 객주를 나섰다.

"이 사람아, 먹어야 기운을 차려서 장군님을 돕지 않겠나?"

닭다리를 들고 마당까지 쫓아 나왔지만 김충선은 요즘 도통 식욕이 오르지 않았다. 이울이 급히 뒤따라 왔다.

"충선, 어딜 가는 거냐?"

"병부에 좀 다녀오려고."

"거긴 왜?"

"오성 대감이 병조판서에 제수 되었다는군."

이울의 눈이 크게 떠졌다.

"그것이 사실인가? 누구에게 들었나?"

"승정원으로부터 나온 이야기이니 틀림없어. 오성 대감이라면 그나마 믿음이 가는 신료 아닌가. 멍청하고 비열한 왕에게는 어울리지 않는 신하지."

이울은 사야가 김충선의 곁을 바싹 따랐다.

"거긴 나하고 함께 가세나."

김충선이 제지했다.

"아니야! 우린 만일의 사태에 대비해서 철저하게 독단적으로 행동하는 것이 옳아. 혹시나 이번 거사擧事가 실패할 경우 나와 연루되었다는 정황은 절대 만들지 말아야 해!"

이울은 쓸쓸한 미소를 입가에 담았다.

"넌 그럴 수 있냐? 뜻을 같이 세웠던 친구를 그렇게 사지로 몰아넣고, 혼자만 살겠다고 버둥거릴 수 있냐고?"

김충선은 단호했다.

"난 혼자지만… 넌 아니잖아! 만일 나의 신상에 변고가 발생한다면 난 단신이기에 감당할 수 있다. 그러나 너는 형제들도 있고… 할머니와 어머니! 사촌들… 그 많은 식솔들이 어찌 될 것인지 잘 알고 있잖아?"

"충선아!"

"울, 우린 냉정해야 한다. 주변을 둘러봐라! 아직 우리를 위해 선뜻 나서줄 혁명의 동지들은 없다. 사대부의 권위를 누려오던 특권층의 붕괴를 누가 상상이나 하겠는가? 영의정 서애 대감 유성룡도! 도원수 권율도, 철저히 가진 자의 권력을 누려왔던 왕권 결탁 세력이란 점을 넌 잊으면 안 된다!"

이울은 갑자기 현기증이 일어남을 느낀다. 사야가의 분석은 매우 예리했다. 이순신의 나라에 가장 절실히 필요한 그들은 이 조선의 가장 오랜 권력의 핵심들이기도 했다. 그들이 무슨 아쉬움이 있어서 동참할 것인가?

"하지만 우린 이미 서애 대감에게 우리의 의지를 천명했잖아!"

"아마도 그건, 모종의 불상사가 발생 한다 하여도 서애 대감이시라면 그건 지켜줄 것이다."

그의 예측이 빈틈없다는 것을 이울은 인정하지 않을 수 없었다. 서애 대감은 끝까지 입을 다물고 이순신 일가를 비호해 줄 수밖에 없을 처지이다. 이순신을 전라좌수사로 발탁한 것은 오로지 유성룡의 고집스런 천거薦擧 때문이었지 않은가. 이순신처럼 일반 품계를 무리하게 뛰어 넘어서 임용한 전례는 조선 역사상 거의 전무후무前無後無했다. 따라서 서애 유성룡의 책임 또한 막중한 것이다.

"그러나 권 장군은 다르다!"

이울은 사야가 김충선을 지그시 바라보며 중얼거렸다.

"너란 놈에게는 언제나 지고 만다. 대관절 넌 어떤 놈이냐? 얼마나 대단한 녀석이냐?"

"나? 그냥 조총 하나 걸머지고 바다를 건너온 반조반일半朝半日의 역성혁명을 꿈꾸는 반골叛骨 혁명가쯤으로 해두지."

사야가 김충선은 보일 듯 말듯 한 미소를 던지고는 홀로 자리를 떠났다. 그 뒷모습을 보며 이울은 두 손을 모았다.

'부디 너의 꿈으로 인해서 새로운 이순신의 조선이 되기를! 두 번 다시 외부의 침략으로 백성들의 희생이 없는 나라가 되기를!'

그의 간절한 소망이 석양빛을 따라서 사야가 김충선의 머리 끝에 머물었을 즈음, 김충선은 병부의 판서 이항복을 찾아갔다. 병부 최고의 권력자를 만나는 일이건만 면담의 성사는 쉽게 이뤄졌다. 조선 병권을 장악한 오성 대감 이항복은 이미 사야가 김충선을 알고 있는 터였다.

"이게 뉘신가? 실로 오랜만일세!"

이항복은 오랜 지기를 만난 듯 아주 반갑게 맞이했다. 그의 입가에 매달린 장난기는 여전했다.

"항왜 장수가 조총 장사를 너무 잘한다고 소문이 파다하였지.

그래 얼마나 벌었는가?"

"이문이 꽤 많이 났습니다."

"옳거니!"

"그래서 오성 대감님과 나눠 쓰려고 왔습니다."

"저런, 아마 한음이라면 단번에 그런 제의를 수락 했을 텐데…
쯧쯧… 지금 그는 공조에 머무르고 있다네. 내가 나중 소개함세."

사야가는 시원하게 대답하는 오성 대감 이항복에게 고개를
숙였다.

"감사합니다."

이항복의 치기가 다시 발동되었다.

"그 말뜻은 전 병조판서 이덕형을 반드시 만나야겠다는 의도
로 해석해도 되겠나?"

김충선은 상대방의 화술話術에 말려들지 않기 위해서 노력을
경주했다.

"해석은 하지 마십시오. 자칫 하다간 본전까지 모조리 털리게
되는 불상사가 일어날까 두렵습니다."

이항복은 어렵지 않게 말을 이어갔다.

"설마, 옛 친구를 그리 대접 하겠나. 그래… 지방 장사를 뒷전
으로 돌리고 한성에 걸음을 한 것으로 미루어 자네 요즘 아주 큰
장사를 벌리려고 하는가?"

사야가 김충선은 흠칫 마음을 가다듬었다. 오성이 비록 가볍
게 내던진 말이지만 거긴 분명 의도가 숨겨져 있으리라.

"대감이 도와주신다면 기꺼이 받들도록 하겠습니다."

오성 이항복의 얼굴이 살짝 경직되었다.

"통제사는 위급하네."

김충선도 말을 아꼈다.

"어찌 손을 쓰면 좋겠습니까?"

병조판서 이항복은 고심苦心하는 빛이 역력했다.

"초기라면 어찌 가능하겠으나 이건 말기의 중환자야. 이쯤 되면 백약이 무효라네. 어찌 그리 자신을 돌보지 않았는가? 통제사의 괴벽怪癖에 대하여 알고 있어. 그건 괴질怪疾이야. 어떻게 그리 한 곳만 줄 곳 바라볼 수 있는가? 병 중에서도 증세가 심한 병이지."

김충선은 오성 대감의 말하고자 하는 뜻을 짐작할 수 있었다. 이순신은 그러한 장수였다. 오로지 자신의 임무에 총력을 기울였고, 자신이 의도한 전략에 의해서 전투에 임하였다. 한성과의 교류도 오로지 영의정 유성룡과 서신을 주고받을 뿐이고 다른 상전에 대한 어떤 은밀한 거래도 하지 않았다. 공공연하게 행해지는 관습 중의 하나인 명절의 상납上納 또한 인정치 않았다. 이순신은 고지식하였고 융통성이 없었다. 그래서 그는 권력과의 소통이 단절될 수밖에 없는 길을 걸었다. 그는 혼자였고 적들은 언제나 무수했다.

"아마도 치유될 수 없는 중증이 아닌가 싶습니다."

김충선의 대꾸에 이항복이 맞장구를 쳤다.

"옳거니, 자네도 그리 생각 하는가?"

"예. 그러니 대안이 없습니다."

오성 대감 이항복이 이채로 반짝이는 눈빛을 던졌다.

"그럴 리가? 자네가 누구인가? 장사의 귀재 아니던가? 난 자네가 조선에 몸을 의탁한 그 순간 알아봤네. 그 놀라운 안목! 조국과 고향을 등 질 수 있는 신념은 바로 그 지혜로운 선견지명先見之明에 있지 않은가? 통제사 이 장군을 치유시킬 수 있는 방안을 자네는 지니고 있음이야."

김충선은 자신의 마음이 들켜버린 것처럼 불안했다.

"고견을 듣고자 방문했습니다."

"그런가? 그럼 어디 서애 대감께서는 무엇이라 충고하시던지 들어볼까?"

김충선은 잠시 머뭇거렸다. 오성 대감 이항복은 역시 만만치 않은 강적이었다. 조금이라도 언행을 실수하는 날이면 어떤 예기치 않은 결과가 발생할지 알 수 없는 일이었다. 그는 이미 김충선이 유성룡을 만났을 것이란 사실을 확신하고 있었다.

"서애 대감은 매우 난처해하십니다."

"그러실 테지. 기축년己丑年과 경인년庚寅年에 걸쳐서 일개 군관의 신분을 수사水使로 파격적 인사를 단행한 것이 바로 영의정 아니셨던가? 물론 성상께옵서도 주청을 받아드리고 통제사를 기용하셨지. 당시 삼사三司 사헌부, 사간원, 홍문관)의 강력한 반대와 견제를 모두 물리치고 관철시킨 상감마마와 영의정 서애 대감의 합작품이었으니까. 그리고 임진원년에는 통제사 이 장군의 승전勝戰 낭보로 일약 주목을 받게 되었지. 과연 서애 대감의 인재 임용에 대한 안목이 절정에 이르렀음을 입증하였어. 그런데…… 왜적과의 마지막 승부를 남겨두고 이 무슨 해괴한 변고인가? 원균 장군으로 조선의 남해 바다를 수호하기란 역부족이야."

"한시라도 빠르게 통제사를 방면放免해야 하지 않겠습니까? 왜적들이 다시 침범해 온다면 이제 누가 있어 조선의 바다를 수호할 수 있겠습니까?"

"원균 장군이 있지 않던가."

김충선이 의아해하며 물었다.

"방금 원 장군으로는 부족하다고 하시지 않았습니까?"

"그랬지. 하지만 혼자가 아니야. 이순신 함대에서 오랜 경험을 쌓았던 장수들이 남아있지 않은가. 전라우수의 이억기 장군을 비롯한 수군만호들과 군관들이 즐비하지! 그리고 또 한 가지 결정적인 것이 있다네."

김충선은 의아해 하며 물었다.

"무엇입니까?"

오성 대감 이항복은 웃지도 않고 내뱉었다.

"또 한 명의 이순신李純信이 있지 않은가?"

통제사 이순신과 동명의 이순신을 말함이었다. 그는 이순신 장군의 휘하에서 중위장中衛將으로 맹활약을 하고 있는 장수였다. 과묵하면서도 책임감이 강하고 이순신 함대의 선봉을 자처하는 무장이었다. 사야가 김충선은 오성 대감의 기지機智와 해학諧謔을 익히 알고 있었지만 지금으로서는 감당하기가 버거웠다. 그의 가슴은 조선의 왕조를 붕괴시키고 이순신의 조선으로 개혁하고 싶은 욕구欲求로 가득했기에 다른 여유가 없었다.

"그 이순신은 이순신이 아니던가?"

이항복이 경직되어 버린 김충선에게 다시 물었다. 김충선은 침묵으로 그 질문에 답했다.

"……!"

오성 대감이 주의 깊게 김충선을 살폈다. 온화한 미소를 얼굴에 담으며.

"긴장하고 있군. 전혀 그때의 자네답지 않아. 여유만만 하고 유유자적하던 상단商團의 청년 말일세. 하하, 내가 농이 지나쳤는가? 어쨌거나 통제사의 일은 내 장담하지는 못하더라도 최선을 다할 거야. 그러니 안심하고 돌아가시게."

사야가 김충선은 '아차!' 싶었다. 그는 경인년 간자 시절에 자신의 신분을 장사꾼으로 위장하고 한성에 머물렀었다. 기실 오성 대감 이항복과의 인연因緣은 그때 만들어진 것이었다.

"통제사의 안위가 염려되어 대감의 흥취興趣를 이해하지 못하였습니다. 용서해 주십시오."

"용서는 우리가 빌어야지, 무슨 소린가?"

김충선은 얼떨떨하여 이항복을 주시했다. 그는 자못 심각한 표정을 지었다.

"통제사의 사람됨을 내가 왜 모르겠나? 오로지 자신의 의지로 구국의 길을 묵묵히 걸어온 조선 최고의 명장名將을! 너무 조심스럽고, 세심하여 자기 주변을 철저히 하는 것은 좋으나 중앙과의 왕래가 너무 부족했던 것이 흠이야. 이순신은 어쩌면 사대부에 대한 편견偏見을 지니고 있는 것인지도 몰라. 난 그래서 괴질로 진단한 것이야."

그럴지도 모른다고 사야가 김충선은 잠깐 생각했지만 반박을 하지 않을 수가 없었다.

"통제사의 괴질 중증은 혹여 조선이 만들어 놓은 병은 아닌지요?"

"예사롭지 않게 들리는군."

"통제사 이순신 장군은 수사로 임명된 직후부터 오로지 왜란에 대비한 수군의 조련과 점검에 골몰하실 수밖에 다른 여유가 없었습니다. 호남의 수군만이 조선을 지킬 수 있다는 일념으로 전력을 기울였고, 임진년과 계사년의 치열한 전투에 혼신을 다했습니다."

"그야말로 불패의 신화를 이루었지. 조선을 위기에서 구한 것은 부정할 수 없는 사실일세! 만일 남해 바다에서 이순신 함대의 승전이 없었다면 조선은 절망했을 거야."

김충선은 빈틈을 주지 않고 병조의 수장 이항복을 구석으로 몰아넣었다.

"그때 왕은 어떠하셨습니까? 세자 광해군에게 분조分朝 하고 도피하여 명나라로 망명을 도모하시었습니다. 의로운 충신 의병을 모함하여 고문으로 죽게 하였으며, 조선의 군신들을 업신여기고 명나라 군사들을 천병天兵이라 하여 떠받들었습니다. 우리 백성과 신하를 왕이 아끼지 않으니 이러한 폐단弊端은 아직도 지속되고 있는 실정입니다."

병조판서 이항복의 안면에 핏기가 가셨다. 이제는 완연한 조선인으로 변모한 왜인 사야가에게 어떤 변명을 해줘야 할지가 난감했다.

"성상의 고충도 있다는 것을 알아줬으면 싶네."

"왕은, 진정한 왕은 백성의 고충을 우선 이해하고 어루만져 줘야 한다고 생각합니다!"

"백 번이라도 지당한 말이야. 민심이 천심이라고 하지 않았나."

김충선은 기회를 놓치지 않고 오성 대감의 말꼬리를 붙잡았다.

"그 민심이 통제사 이순신 장군을 원하고 있습니다."

"알고 있네. 내 약조하지. 통제사의 구명求命에 앞장서겠네. 자네의 방문이 아니었어도 난 그리 할 작정이었어."

"대감이시라면 의당 그러실 것이라 믿었습니다. 통제사 영감은 몸이 좋지 않으십니다. 쇠약해지신 몸으로 옥중 생활은 무리입니다. 한시바삐 방면을 요청 드립니다."

이항복의 얼굴에 잠시 난색이 떠올랐다.

"그러나 명심하게. 이러한 일은 나 혼자서 감당이 되지 않아. 서애 대감을 비롯한 중신들의 호응이 필요하네. 공조판서 한음은 걱정 없지만… 참, 자네도 이번에 형조판서에 오른 김명원 대감을 잘 알지 않는가?"

"안면이 있을 따름입니다."

1592년 임진년 전쟁 당시 김명원은 팔도도원수로 왜적의 침입을 선두에서 진두지휘 했었다. 김충선과는 조총의 제조와 관련하여 약간의 인연을 맺은 적이 있었다.

"김 대감에게서도 자네 이야기를 들은 적이 있지. 아주 유용한 항왜 장수가 있다고."

"기억하고 계시다니 영광입니다."

"자네의 노력과 정성으로 부디 통제사의 무고誣告가 밝혀진다면 좋겠군."

김충선은 차마 원하던 말을 꺼내 놓지는 못했다. 아직은 때가 아니었다. 그들은 특권을 누리고 있는 지배계층이었다. 약자의 서러움을 머리로만 이해하고 있으며, 절대 몸으로 느껴보지 못한 양반들이었다. 그들은 언제나 조선 시대의 강자였다. 몰락해 본 적이 없는 사대부는 절대 새로운 나라를 꿈꾸지 않는다.

'승부는 도원수 권율 장군이다!'

사야가 김충선은 이제 오성 대감의 빙장聘丈에게 마지막 승부수를 던지기로 작정하고 있었다.

13장

×

혼돈

혼돈이다.

서애 대감과 한 잔 술을 나누었다.

수호신이 되라한다.

조선의 풍전등화를 내 손에 올려주고

강렬한 햇살보다도 더 뜨겁게

날 태우라고 명하신다.

그때는 그랬었다.

나랏님을 위해서 모든 것이 아깝지 않았었다.

-이순신의 심중일기 1597년 정유년 3월 9일 기해-

怨靈脩之浩蕩兮, 終不察夫民心
世溷濁而不分兮, 好蔽美而嫉妒
임금의 분별없음이 원망스러워,
끝내 그 민심을 살피지 않도다.
세상은 혼탁하고 분별이 없어,
아름다움을 가리고 질투하기를 좋아하네.

　이순신의 혼돈은 멈추지 않았다. 하룻밤을 꼬박 지새우다시
피 했지만 좀처럼 마음의 동요를 조절하기가 어렵다. 혼미함 속
에서 굴원屈原의 이소離騷가 허깨비처럼 맴돌았다. 초楚나라의 좌
도左徒(좌의정)로 나라에 충성을 다하였으나 굴원은 간신들의 모
함을 받고 관직에서 쫓겨나 떠돌이 신세로 전락하고 말았다. 임
금을 사모하는 마음과 충정의 심사를 노래하며 시를 지었다. 그
리고 끝내 그는 강물에 몸을 던져 조국이 망해가는 비분과 군왕

에 대한 그리움을 죽음으로 달랬다. 이순신은 송나라 서책을 통하여 만나 충신 굴원을 떠올렸다.

'귀 공은 어부사漁父辭를 통해 중취독성衆醉獨醒을 한탄하였소. 나 역시 홀로 깨어 있으니 오직 두 갈래 길 뿐이요!'

굴원은 어부사를 통하여 온 세상이 모두 혼탁하게 술에 취해 있는데 본인만이 맑은 정신으로 깨어 있어서 추방당했음을 한탄한다. 어부가 그들과 함께 어울려 취하기를 권하자 굴원은 단호하게 말한다.

"차라리 물고기 뱃속에 장사 지낼지언정 어찌 청결한 몸을 세속에 더럽힐 수 있는가?"

그리고 그는 멱라강에 몸을 던져 자결하였다. 이순신의 갈등은 바로 여기서 비롯되고 있었다.

'굴원과도 같은 깨끗한 정절의 죽음을 맞이할 것인가? 아니면, 내가 원하는… 강한 조선을 꿈꾸어야 하는 것인가?'

'굴원은 그렇게 죽어 만고의 충정을 남겼지만 결국에 초나라는 멸망당하고 말았다. 죽음으로 자신의 고결함을 지켰는지는 모르지만 나라는 망한 것이다. 나 이순신이 여기서 생을 마감한다면, 무엇이 남을 것인가? 군왕에 대한 불충한 장수로 기록될 것이며 나라는 더없이 위태롭다.'

'나 이순신이 존재하지 않는 조선의 바다는 언제나 위기다. 조선은 망할 수도 있다!'

이순신은 혼란함속에서도 정신이 번쩍 들었다. 자신을 포기하는 것은 어쩌면 가장 쉬운 일인지도 모른다. 왕은 어제의 왕이 아니다. 이순신은 통제영의 장수들을 하나하나 떠올렸다. 그들은 왕의 부하가 아니었다.

'그들은 나의 부하다!'

'내가 죽으면 그들도 무사하지 못할 것이다.'

이순신이 없는 바다에서 부하들은 비참하게 죽어갈 것이었다. 그를 따르던 군사들과 백성들의 모습이 생생하였다. 이순신은 장탄식을 토하며 사야가 김충선의 역모를 마침내 머릿속에 그렸다.

'그러나 그들이 과연 나와 함께 할 것인가?'

영의정 유성룡과 도원수 권율의 가담이라면 이번 역성혁명은 가능성이 높다. 거기다가 의병의 영수격인 홍의장군 곽재우가 동참하는 것이니 만큼 실패의 확률은 낮다. 김충선은 장담 하였지만 그리 간단지는 않았다. 영의정과 도원수라면 일국의 막강한 권좌權座이다. 왕의 총애가 없다면 도저히 오를 수 없는 벼슬이었다. 유성룡과 권율. 그들 또한 백성들에 대한 신망과 왕권에 대한 충성심으로 똘똘 뭉쳐 있는 사대부의 수장首長들이었다.

'서애 대감은 매사에 신중하며 덕망이 높은 학자이다. 그분의 안목은 얼마나 대단하던가? 일국의 재상으로 전혀 손색이 없는 지혜를 지니고 계시다. 그분은 결코 경망스럽게 행동하지 않을 것이다.'

이순신은 빛바랜 추억으로 변한 영의정 유성룡과의 지난 기억을 더듬었다. 지금으로부터 십이 년 전인 1585년 을유년의 어느 여름날이었다. 그때 이순신은 부친상을 당하여 아산에 머물고 있었다. 하늘이 쨍하고 매미가 자지러지는 울음이 생생하던 그 뜨거운 정오에 유성룡이 방문했다. 무더위의 기승으로 한 걸음도 길을 나서기가 쉽지 않은 날씨를 마다하고 당시 예조판서이던 유성룡의 방문은 실로 의외였다.

"시원하게 한 사발 목을 축이시죠."

"그러세. 정말 아산은 덥군!"

이순신이 건네주는 차가운 식혜를 벌컥벌컥 들여 마시면서 땀을 식이던 유성룡이 문득 말했다.

"자네는 혹 내가 찾아온 연유를 아는가?"

"기별도 없는 불시의 방문이니 이 아우는 짐작을 못하겠습니다."

"이 사람아, 한낮의 더위를 뚫고 비지땀을 흘리면서 먼 길을 왔거늘 섭섭하이."

"송구합니다. 워낙 소제가 그 방면에는 재주가 없는지라."

"하하하, 그런 표정은 짓지 말게. 웃자고 한 소리이니. 사실 알고 싶은 것이 있어서 왔네. 솔직히 말해주게나."

이순신은 의아하기 짝이 없었다. 상주의 몸으로 아산으로 낙향한 지 2년이 넘었거늘 새삼 자신에게 알고 싶은 것이 있다는 건 납득이 되지 않았다.

"성심껏 대답해 올리지요. 어떤 일이십니까?"

"조선의 수군에 대해서 어떻게 생각하나?"

유성룡은 이미 작정하고 있었던 질문을 던졌다. 그러나 이순신에게는 전혀 예측할 수 없었던 돌발 상황이었다. 이 엉뚱하다

못해 황당한 물음에 이순신은 평소의 소신을 그대로 말했다.

"조선의 수군은 매우 중요한 임무를 수행하는 병영입니다. 신라와 백제, 고려는 물론이고 조선에 이르기 까지 삼면이 바다를 인접한 나라이므로 끊임없이 왜구의 침입을 받았고 상당한 인명 피해도 입었습니다. 그리고 빈번하게 재물을 약탈당하기도 했지요. 그러나 한때는 바다를 장악하여 해상왕국의 명성을 드높였고 이국과의 교역을 왕성하게 확대하여 부강한 국력을 자랑하기도 했습니다. 하지만 소제가 수군만호로 복무하여 보니 참으로 개탄스러웠습니다."

"그래. 수군의 부족이 뭐였든가?"

"군사점고와 수전조련을 절대 게을리 해서는 아니 되며 전 수군의 통합적 관리 감독이 절실하지요."

"군사점고와 수전조련을 어찌 하라는 것인가?"

"군사점고란 각 수군진영 및 읍진의 군사와 군선, 집물 등을 포함한 제반 군사 상황을 점검하는 일이고… 수전조련은 바다와 혹은 강에서 병선의 대오 열 관계, 진퇴의 유무 등 적선을 마주쳐서 전투에 임하는 법을 훈련하는 것이지요."

"과연 중요한 일이로세."

"바다 위에서는 함선의 거리, 조류의 변화, 기상 관계 등 고려해야 할 돌발 상황들이 워낙 많기 때문에 사전의 철저하고 준비된 상호 훈련과 준비가 필요합니다."

"우리 수군은 그러한 체계적 훈련에 임하고 있는가?"

예조판서 유성룡의 눈매가 가늘어졌다. 이순신은 좌우로 고개를 흔들었다. 일개 수군만호로서 그의 한계가 분명 존재했었기 때문이었다.

"어림없는 일이지요. 낡은 병선의 개조와 수군들의 일사불란한 통솔이 이뤄지기 위해서는 과감한 수군의 제도적 정비가 필요합니다."

"그렇군. 그래서 내가 땀을 흘리고 여기 온 것이라네."

이순신은 그의 의도를 파악하기 어려웠다. 자신은 상중에 있고 예조판서의 직책은 더욱 더 수군과는 거리가 있었다.

"내 생각에는 우리 조선은 200여 년간 그래도 평화로웠네. 그 풍요로움이 우릴 병들게 했지. 전혀 다른 나라에 대한 관심을 갖지 못했어. 다만 잦은 왜구의 침입은 그래도 우리에게 경각심을 안겨주는 일종의 신호였지 않았을까? "

"혹 강력한 외세의 침입이 있을 것을 예상하고 계신 것이옵니까?"

이순신의 조심스러운 물음에 유성룡은 크게 숨을 몰아쉬었다.

"조짐이 그러하다는 것이지."

"그렇다면 방비를 해야겠지요."

"주변에 마땅한 인재가 없음이야. 자네가 그래도 가장 신뢰할 수 있는 수군의 적임자야!"

이순신의 눈이 크게 놀랐다. 설마 예조판서 유성룡이 더위에 달려와 이런 말을 꺼낼지는 상상도 못할 일이었다.

"이 아우를 너무 높이 평가해 주시는 거 아닌지요."

"아닐세. 난 이미 자네에 대해서 많은 정보를 가지고 있지 않은가. 내 일찍이 자네에게 율곡 대감을 만나라고 충고 했을 때 오히려 자네가 나를 무안하게 했지. 기억나는가?"

"그건……"

"그래. 먼 인척 관계이니 만나지 않을 이유가 없네만 자네는 막 관직에 나온 사람으로 이미 당상관에 올라 있는 율곡 대감을 뵙는 것이 옳지 않다 하였지. 이미 그 성품을 알고는 있었지만 나라의 녹을 받는 관리로서의 품성은 매우 감탄할만한 행동이었어. 뿐인가. 일전의 파직 역시 상관의 부정을 인정하지 않은 자네의 청렴한 태도로 인한 모함이 아니었던가?"

"대감?"

"다수는 아닐지라도 분명 자네의 그런 결백과 청렴함이며 충정어린 관리의 태도를 지켜보고 있는 사람이 있다는 걸 믿어주게. 치밀하고 집요한 성격과 그 누구에게도 지기 싫어하는 기백이 존재함이니 언젠가는 이 나라를 위하여 큰일을 도모할 것일세!"

"그 말씀을 해주기 위해서 한성으로부터 아산까지 걸음을 해주셨습니까?"

"이보다 더 먼 길이라고 와야 하지 않겠나? 이보다 더 비지땀을 흘리더라도 만나야 하지 않던가. 나라를 당부하는 일이니 어찌 소홀할 수 있는가. 자네는 상중일지라도 조선 수군에 대한 통합적 제도를 고심해주게나."

"명심하겠습니다."

"바다가 강하면 조선이 강해질 것이야!"

유성룡의 그 말에 정신이 번쩍 들었다. 그리고 5년이 지난 후 이순신은 전라좌수사가 되었다. 이후 왜란이 발발하며 획기적인 수군의 제도 변화로 통제영을 설치하고 삼도수군통제사란 관직을 신설했다. 조선의 바다를 강하게 만들고자 했던 유성룡과 이순신의 합작품이었다.

'서애 대감은 높고 긴 안목을 지니고 계시다. 오늘의 이순신은 나 홀로의 이순신이 아니다.'

유성룡의 절대적 신뢰가 존재 하였기에 남해 바다를 지키고 조선을 구원할 수 있었다. 이어서 이순신은 권율에 대해서도 잠깐 회상하였다. 1592년 임진원년에 이어 계사년 1593년의 행주산성 전투는 전설에 가까웠다. 불과 3천여 명에 달하는 군사를 이끌고 적의 3만 군대를 상대하여 물리친 것이다. 그 전공으로 도원수에 오른 권율은 이순신과 한산도에서 대면한 적이 있었다.

"놀랍소. 진정 놀랍소… 서애 대감으로부터 장군의 명성은 오랫동안 들어왔소이다. 오늘날의 강력한 수군을 형성한 공로가 대단하오. 난 오늘에야 비로소 장군이 남해 바다를 석권한 이유가 분명 존재함을 깨달았소이다."

도원수 권율은 한산도에서 치러진 수군의 군영의식을 참가한 뒤 거품을 물고 찬사를 토해냈다. 각 수군의 연합 함대가 바다를 가득 메우고 해상훈련을 실시했었다. 색색의 깃발이 나부끼는 가운데 함포와 장병들의 함성이 우렁차게 울려 퍼졌다. 대장선의 깃발 지시에 따라 수군의 판옥선 함대가 좌와 우로, 상과 하로, 학익진과 장사진을 연출하며 일대 장관을 이루었다. 전시 체제임을 감안하여 다소 무리하지 않은 수전조련을 보여준 것이다.

"귀선은 이번 훈련에 참여하지 않은 것이요?"

"거북선은 조선의 돌격 선봉으로 왜의 안택선을 최전방에서 공략하는 조선 함대의 비밀병기입니다. 지금이 비록 명나라와 왜의 강화 협상으로 전쟁이 소강상태이기는 하지만 함부로 노출 시킬 수는 없습니다."

"그렇구려. 말로만 듣던 거북선의 위용을 내 눈으로 직접 확인하고 싶었거늘."

"도원수께서 정 원하신다면 거북선이 정박하고 있는 장소를 공개 하도록 하겠습니다."

도원수 권율은 정색을 하며 손을 내 저었다.

"통제사, 절대 그럴 필요는 없소이다. 정국이 어떤 방향으로 기울어질지 누구도 예측할 수 없는 형편이요. 만일 협상이 타결된다면 이 전쟁이 종식 될 것이지만, 만일 그 반대의 경우가 발생하게 된다면 혼란은 더 커지게 될 것입니다. 다시 말해서 왜적은 임진년보다도 예민해질 것이고 광폭해집니다. 거북선은 극비리에 항해함이 옳소."

"짐작할 수 있는 일이옵니다. 따라서 협상의 여부에 따른 수군의 동향에 만전을 기울이고 있습니다."

"과연 훌륭하오. 통제사 이 장군이 존재하는 한 조선의 남해 바다는 안전하리라 믿소. 실로 감사하오!"

도원수 권율은 흡족해했다. 그만큼 삼도수군통제사 이순신의 함대는 믿음직스러웠던 것이다. 무려 20여 차례의 크고 작은 해전을 모조리 승리로 이끈 이순신의 수군 함대로 인해서 왜란을 총지휘하는 도원수 권율은 오랜만에 기쁘게 웃을 수 있었다.

'도원수는 나를 신뢰한다. 그러나 나의 함대가 포문을 일제히 조선으로 향한다면 그는 어찌할 것인가? 그래도 날 신뢰하겠는가?'

'서애 대감은 내가 꿈꾸는 나라에 합류할 수 있을까? 이순신의 나라에는 그가 절대적으로 필요하다!'

이순신은 입술을 깨물었다. 핏물이 흘렀으나 통증은 느껴지지 않았다. 단지 심장을 후벼 파는 고통이 엄습할 뿐이었다. 그들은 이순신 자신과 더불어 조선의 영원한 수호신들이었기 때문이다. 또 새벽의 한기가 오싹 겨드랑이를 타고 목구멍으로 넘어왔다.

* * *

소 요시토시는 무릎을 꿇고 머리를 조아렸다. 이순신을 암살하라는 명령을 받고 파견되었던 척살조는 과반수가 귀대하지 못했다. 그러나 고니시 유키나가의 노여움은 의외로 크지 않았다. 소 요시토시는 영문을 몰랐다. 단지 그는 변명하지 않았을 뿐이다.

"장군의 군령을 받들지 못하였으니 죽여주십시오."

"이순신이 우리 손에 죽을 운명이 아닌 것이 다행인지도 몰라."

"네엣?"

"만일 그가 그리 당했다면 역사는 그를 영웅으로 기록하게 될 것이지. 하지만 조선의 왕에 의해서 숙청肅淸당한다면 이순신은 일개 필부匹夫로 남겨질 것이다."

소 요시토시는 장인, 즉 고니시 유키나가의 의중을 파악하기가 쉽지 않았다. 그는 세인의 의표를 찌르는 술수의 달인이며 전략의 귀재였다. 젊은 소 요시토시는 매우 혼란스러움을 느꼈다.

"우리의 실패가 그럼 성공이란 말씀이옵니까?"

고니시 유키나가는 좌우로 도열해 있던 장수들에게 눈짓을 던졌다. 전원 물러가라는 무언의 표시였다. 그들은 즉각 묵례를 올리고는 막사를 떠났다. 이제 남아있는 사람들은 장인과 사위였다. 고니시 유키나가는 손수 그를 일으켜 세웠다.

"난 가토를 나의 정적으로 생각했던 적이 있었다."

가토란 임진년에 장인 고니시와 함께 조선에 투입됐던 맹장으로 도요토미 히데요시의 가신 중 일인이었다. 장인과 쌍벽을 이루며 누가 더 먼저 한양을 점령할 것인지 암중 경쟁했던 무장으로 대단한 야심가였다.

"그러셨습니까?"

"한데, 훗훗, 난 참으로 우물 안의 개구리였다. 그를 만나기 전까지는……"

여기서의 그는 이순신을 말함이었다.

"가토는 나무에 비유하면 가지에 불과했다. 무성한 이파리를 지탱하고 있었으나 그저 가지일 뿐이었지."

"허면, 조선의 통제사는……?"

"그는 나무의 밑둥이다. 뿌리다. 이순신은 거목 조선의 뿌리인 것이다. 자네는 가지를 자르는 것과 뿌리를 자르는 것의 차이를 굳이 설명해야 알겠는가?"

소 요시토시는 장인의 비교를 빠르게 분석하기 시작했다. 젊은 나이에 대마도의 도주가 된 까닭이 있었다. 그는 영민했고 교활했으며 대단히 민첩했다.

"이순신은 조선의 영웅으로 손색이 없습니다."

고니시 유키나가는 사위의 발언에 대해서 흡족한 미소가 입가에 번졌다.

"바로 그거다. 만일 우리가 그를 제거하게 된다면 역사는 영웅을 해친 우리를 훗날 단죄하게 된다. 그건 우리 가문의 치욕이며 굴욕으로 대대손손 남겨지게 될 것이다. 난 그걸 원하지 않는다."

"태합 전하께서는 이순신을 반드시 제거하라고 엄명하셨습니다."

도요토미 히데요시의 명령을 소 요시토시는 장인에게 전달했다.

"물론 알고 있다. 그러나 우린 이미 최선을 다하였으나 실패했다. 설마 자네는 상대방에 대해서 방심하고 달려든 것은 아니었겠지?"

"조선의 영웅에게 그럴 리가 있겠습니까?"

고니시 유키나가는 탁자 위의 찻잔에 식은 차를 따랐다.

"누가 자네의 암살조를 방어했는가?"

"사야가!"

고니시 유키나가의 짙은 눈썹이 징그럽게 움찔거렸다. 이번에도 그자였다. 가토 기요마사의 우 선봉장으로 임진년에 출병한 조총 부대의 장수. 게다가 그는 왜란이 발발하기도 전에 조선에 침투했던 간자間者의 조장이기도 하였다. 그랬던 그가 일본을 배신하고 조선을 위해 투쟁하고 있는 것은 참으로 모순이었다.

"항왜 김충선이로구나?"

"맞습니다."

이어서 소 요시토시는 사야가 김충선의 동료였던 타이부교의 장수 서아지에 대해서 상세하게 보고하였다. 고니시 유키나가는 묵묵히 고개를 끄덕였다.

"본래 영웅의 주변에는 적지 않은 추종자들이 있기 마련이다."

소 요시토시는 장인 고니시 유키나가의 눈치를 슬쩍 보면서 평소 궁금했던 의문을 물었다.

"사야가 김충선이 조국 일본을 버리고 변심한 연유가 어디에 있습니까?"

고니시 유키나가는 일본의 최고 권력자인 도요토미 히데요시의 측근 중 하나이다. 그와 어깨를 나란히 하는 가토 기요마사의 장수였던 사야가의 내력이니 모를 리가 없을 것이다. 그들은 비록 야심을 지니고 경쟁하는 관계였으나 중요 사안에 대해서는 내부적 논의가 존재하고 있지 않겠는가. 소 요시토시의 계산은 정확했다.

"모계 혈통이 조선임이 밝혀졌다."

사야가 김충선.

그의 핏속에 조선의 도도한 맥이 강물처럼 흐르고 있었다는 것이 아닌가.

14장

×

역모 逆謀

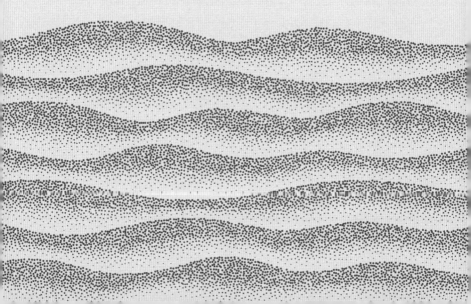

여긴, 내가 머물 곳이 아니다.
아우성치는 바다의 한 가운데에서
적의 선봉을 가로 막아야 한다.
그들이 저지를 죄악을 나의 귀선으로
심판해야 한다.
거북의 아가리에 적의 모든 것을 삼키리라
나의 거북선은 무적이다.

-이순신의 심중일기 1597년 정유년 3월10일 경자-

"거기 멈춰라!"

고함소리는 살기등등했다. 한양을 빠져나와 반나절을 달려왔던 곽재우와 김충선은 관도를 가로막은 한 떼의 무리를 발견하고는 말을 멈추었다. 일견하기에도 흉흉한 모습에 무장을 하고 있는 모습이 전란을 이용하여 도적을 일삼는 작자들이 분명했다. 풍문으로 떠돌던 소문은 사실이었다. 권율 도원수를 만나기 위해 홍의장군과 길을 떠났던 사야가 김충선은 저절로 인상이 찌푸려졌다.

"멈추었소."

김충선은 전혀 놀라지 않고 그들을 훑어보았다. 대략 삼 십 여 명 가량이었다. 병장기가 주 무기이고 화승총을 소지한 위인도 다섯 명 정도 이지만 수적 우위를 믿고 있는지 겨누지도 않고 있었다. 앞장서 있던 인물이 거들먹거리면서 고개를 까딱였다.

"이놈 보게. 멈췄으면 다음 순서는 번개 바람에 가랑잎 날리듯

잽싸게 뛰어내려 목숨을 구걸해야 하는 거 아니냐? 눈치가 이리 없으니 이 혼란한 세상을 어찌 살아가겠나? 쯧쯧, 걱정된다."

곽재우의 표정에는 난감한 기색이 어렸다.

"관도에서 화적들이 무리지어 양민을 노리고 있다니 정녕 심각한 노릇이오. 여기가 어느 관아의 구역인가?"

무리의 두목으로 보이는 사십 대의 털보 거한이 어이없는 표정을 지으며 동료들을 둘러봤다.

"들었냐? 저 작자가 우리에게 어느 관아 구역이냐고 묻고 있다. 세상에! 내가 비록 이 짓으로 나선 지가 석 삼 년이 되었지만 요런 물건들은 처음 본다."

김충선은 여전히 마상에 버티고 앉아서 위엄 있는 목청을 터뜨렸다.

"너희 화적 놈들에게도 귀가 있었으니 들었었겠지! 의병장 홍의장군 곽재우란 위명을 정녕 모르느냐?"

두목은 잠시 흠칫한 얼굴이 되더니 금세 콧방귀를 날렸다.

"그래서? 저 작자가 홍의장군이라도 된단 말이냐? 카카카ㅡ 그럼 난 권율이다! 그리고 내 뒤의… 쟤…. 통영에서 온 이순신이고… 그리고 누구야… 저기 얼굴에 점 있는 놈… 저 자가 바로 명에서 온 마귀 장군이다. 어떠냐? 굉장하지!"

"재미있게 놀고 있구나."

화적 무리의 두목이 벌컥 화를 쏟아 냈다.

"장난치고 있는 건 네놈들이다! 내 아무리 무식하다고 해도 홍의장군님은 붉은 복장으로 전선을 누빈다는 것쯤은 알고 있다.

그런데 저 작자는 백의 차림이잖아. 저 하얀 옷을 네놈이 붉다고 지금 계속 우겨대는 건 아니지?"

"평상시의 장군님은 홍의를 걸치지 않으신다. 그건 전투 시의 복장이지."

"흐흣, 그럼 이제 전투가 벌어질 것이니 어서 홍의를 착용하시지요… 장군님!"

곽재우의 눈가에 노기가 어렸다.

"나라가 어지러우니 도적이 날뛰는구나. 내 그대들에게 갱생의 기회를 부여 하겠다. 지금이라도 당장 동족을 괴롭히는 노략질을 그만두고 의군義軍이 되어 볼 생각이 없느냐? 내 너희들을 기꺼이 의병으로 받아주마!"

"이거 오늘 제대로 돌아버린 물건을 만났네… 그려. 제법 위엄 있는 것으로 보여. 그러나 어쩌나? 이 털보에게는 통하지 않으니까."

화적 두목이 실소를 머금고 있을 때 갑자기 총성이 울렸다.

'탕!'

전원의 시선이 총소리의 행방을 찾아서 움직였다. 그러나 장내의 화승총을 거머쥐고 있는 자들 역시 어리둥절한 표정들이었다. 화적 두목의 인상이 일그러졌다.

'타앙! 탕!'

그제야 관도의 고개 너머에서 요란한 소리가 울려오고 있음을 알 수 있었다. 가만히 귀를 기울이니 뭔가 비명도 터져 나왔다. 곽재우와 김충선의 얼굴이 순식간으로 급변하였다.

"또 다른 변고가 발생한 모양이군."

"예. 그리 보여 집니다."

이들이 대화를 나누고 있는 순간에 관도의 언덕 끝에 일단의 사람들이 보였다. 쫓기고 있는 형색이었다. 수십 명의 부녀자들이 아이들과 함께 손을 잡고 달려오고 있었다. 간혹 사내들도 보였다. 그 뒤를 이어서 조총과 창, 칼로 무장한 군사들이 무수히 모습을 드러냈다. 복장을 보니 왜군이었다.

"어엇? 저거… 왜놈들이잖아!"

"어떻게 된 거야?"

화적들은 당황하여 우왕좌왕하기 시작했다. 사야가 김충선의 눈매가 매섭게 빛났다.

"곽 장군, 먼저 가십시오."

혹시 사태가 급박하여 위기에 빠질 수도 있다는 생각에 곽재우를 피신시키고 싶었다. 그러나 곽재우는 의병의 대명사였다. 순순히 물러날 장수가 아니었다.

"양민들이 쫓기고 있지 않은가?"

그들은 조선의 백성이었다. 김충선은 재빨리 말을 몰아 화승총을 지니고 있는 화적들에게 오히려 접근하였다.

"엥? 넌 뭐야?"

"잠시 빌립시다!"

총을 소유한 화적이 미처 방비하기도 전에 이미 그 총은 김충선의 손아귀로 넘어가 버렸다. 김충선은 즉각 심지에 불을 댕기며 멀리 조준을 하였다. 왜군이 달아나는 소녀의 등을 노리고 막창을 찌르려는 순간이었다. 김충선의 화승총이 불꽃을 터뜨렸다.

"이런 먼 거리에서는 사격이 어려운…… 헉?"

타앙―

총성이 산천을 뒤흔들었다. 그 순간에 왜군이 정확하게 총격을 당하여 뒤로 나가 꺼꾸러졌다.

"악."

김충선은 그 화승총을 돌려주고 다른 화적의 화승총을 요구했다.

"어서 내게 주시오!"

다른 화적은 얼떨결에 자신의 화승총도 넘겨줬다.

"계속 화약을 장전해요. 그리고 내게 총을 넘겨줘요!"

언덕을 넘어 추격해 오는 왜군 병사들의 숫자가 점차 늘어나고 있었다. 곽재우가 호령했다.

"우리 백성들이 왜적에게 살육 당하는 꼴을 보고만 있단 말이냐! 너희들도 조선의 피를 지니고 있다면 나를 따르라!"

곽재우가 질풍처럼 말을 몰았다. 당황한 것은 화적의 무리였다. 그들은 우물쭈물 두목의 명령을 기다리고 있었다. 털보는 힐끔 김충선을 올려다보았다. 총성이 울리면서 이번에는 마주 총을 겨누던 왜군 조총 병사가 피를 뿌리며 나가 떨어졌다.

"와우, 백발백중일세!"

총구에 화약을 쑤셔 넣으며 화적 한 명이 감탄사를 뱉어냈다. 거의 백 보 거리의 표적을 정확히 관통한다는 것은 신기神技에 가까운 솜씨였다. 일본 사야가 가문의 철포대장 김충선의 실력이 발휘되는 순간이었다. 털보가 돌연 부하들에게 소리 질렀다.

"왜적부터 처치하자!"

"와아--"

화적들은 이미 말을 몰아 달려 나가는 곽재우의 뒤를 따라서 병장기를 움켜쥐고 몰려갔다. 그들은 이 순간 잠시나마 화적에서 의병으로 변신을 꾀하고 있었다. 왜군을 피해 도주해 오던 부녀자들과 아이들이 구원의 손길을 의식하며 소리 질렀다.

"도와주세요!"

"살려줘요……. 우리 아이……"

새파랗게 질린 여인이 갓난아기를 안고 울부짖었다. 그 면전에는 왜적이 날카로운 장창을 그대로 찔러 버렸다. 소름끼치는 음향과 더불어 아기와 엄마는 창끝에 포획된 짐승처럼 꿰이고 말았다.

"흐흐흐, 감히 어딜 도주해!"

왜적의 잔인한 미소가 채 끝나기도 전에 앙칼진 소리가 울려 퍼졌다.

"살인마!"

단아한 차림이었으나 매우 흥분한 기색의 여인은 무섭게 환도를 내리쳤다. 왜적이 재빨리 피하자 그 칼은 잔혹한 장면을 연출하고 있는 장창을 두 동강냈다. 창이 절단되자 왜적은 즉각 일본도를 꺼내 들었다.

"끝까지 말썽이구나, 네 년을 당장 요절내고 말리라!"

왜적은 핏발선 눈으로 환도의 여인을 노려보며 일본도를 겨누었다. 그 순간에 번쩍 하는 섬광이 왜적의 눈앞에서 사선으로 그어졌다. 왜적은 미처 비명을 내지를 겨를도 없었다. 목이 떨어지며 피분수가 공중으로 분수처럼 뿜어졌다. 환도의 여인이 놀라며 몸을 도사렸다.

"아!"

홍의장군 곽재우였다. 그의 손에는 두툼하며 예리한 칼날이 햇살에 번뜩이는 치도가 들려 있었다. 그는 단숨에 왜적의 수급을 날려 버리고는 환도의 조선 여인을 응시했다.

"다친 곳은 없소?"

"예… 감사하옵니다. 엇…?"

그녀의 눈에서 이채가 반짝이는 순간에 곽재우도 그녀를 알아보고 있었다.

"……예지 낭자?"

"아…. 곽 장군님이 여기에 어떻게…?"

장예지였다.

지난해 병신년 김덕령의 죽음과 함께 잠적했던 바로 그녀 김덕령의 정혼녀.

"우리 안부는 나중에 묻고 우선 왜적들을 물리치고 보자꾸나."

곽재우는 다시 치도를 움켜쥐고 몰려오는 왜적의 선봉을 향해 말을 몰았다.

"컥."

곽재우를 잡아먹을 듯 마주 쇄도해 오던 선두의 왜적이 단말

마를 내지르며 꺼꾸러졌다. 김충선의 화승총이 미간을 관통해 버린 것이었다. 곽재우는 내심 그의 사격에 감탄을 토해내며 그 뒤의 무리들을 향해 질주했다. 장예지는 멀리 곽재우가 달려왔던 방향으로 시선을 던졌다. 화적들이 저마다 병장기를 휘두르며 왜적들을 물리치기 위해 달려오고 있었다. 그리고 그들 너머 관도의 중앙에 우두커니 선 채 화승총을 겨누고 있는 사내 한 명이 눈으로 들어왔다.

"사…… 부!"

장예지는 가슴이 덜컹 내려앉는 충격을 맛보았다. 그리운 얼굴이었고, 부르고 싶은 대상이었으며, 기대어 마음껏 울고 싶었던 사람이었다. 김충선이 거기 그렇게 장승마냥 서 있었다.

'예지… 다!'

그는 발사되어 화약이 장전되지 않은 빈총을 내려놓지 못한 채 그대로 경직되어 버렸다. 마치 벼락을 맞은 기분이었다. 전혀 의외의 돌발적인 해후이긴 했지만 이렇게 반응하리라고는 꿈에도 생각지 못했다. 그녀와의 만남이 자연스럽지 못할 것이라는 것쯤은 마음속으로 짐작하고 있었다. 그러나 상상했던 그 이상으로 온 전신의 세포 하나하나가 민감한 반사작용을 보이고 있는 것이다.

"여기 있쑤."

화적중 한 명이 재장전된 조총을 불쑥 내밀었다. 그때서야 김충선은 장예지를 향하고 있던 정신을 가다듬을 수 있었다. 총기를 들어 올리고 심지의 불꽃이 타들어 갔다.

'넌 어디로 갔었니? 얼마만큼 숨어 있었니?'

사야가 김충선은 총구에 눈을 대고 방아쇠를 당겼다. 탄환이 발사되고, 그것은 장예지를 노리고 달려들던 왜적의 미간을 여지없이 꿰뚫었다.

'널 찾아 나서고 싶었으나 용기가 없었다.'

장예지는 걸음을 떼었다. 갑자기 머릿속이 백지장처럼 하얗게 변하면서 어떤 생각도 떠오르지 않았다.

'꽁꽁 숨어 살기로 맹세했는데…… 우리 이렇게 만나네요.'

그녀 역시 제정신이 아닌 듯 보였다. 의도하지 않은 돌발적 상황으로 수습하기 불가능한 모습이었다. 눈물이 흘렀다. 참았던 슬픔이 봇물 터진 것처럼 하염없이 쏟아졌다.

'이제 잊었다고 생각했는데, 이렇게 무너지네요.'

장예지가 다가왔다. 눈물로 범벅된 모습이 애절하고 안타깝게 김충선의 가슴을 파고들었다.

"오래만이요."

"그러네요. 사부, 강녕하셨지요?"

"물론이요. 제자는 어땠나?"

"시름을 잊고 산중마을에 그냥 묻혀 지냈어요."

"그랬군."

"만일 왜적의 패잔병들이 마을을 점령하지 않았다면 이리 도망 나오지는 않았을 거예요."

"그럼 우린 만나지 못했을 것이고."

"그러게요"

"다행인가?."

"불행이죠."

"불행인가?"

"다행이죠."

그리고 더 이상 대화는 없었다.

＊ ＊ ＊

도원수 권율은 태산 같은 묵직함을 소유하고 있는 대장부였다. 두 눈의 고요함은 아스라한 산자락을 닮아 있었고, 우뚝한 콧날은 물러서지 않은 장부의 기개가 엿보였다. 덥수룩한 수염 위로 굳게 닫혀있는 한 일자의 입술은 의지를 드러냈다.

"이보시게 곽 장군!"

오랜 침묵 끝에 도원수 권율의 입술이 벌어졌다. 그와 마주하고 있던 곽재우와 사야가 김충선은 긴장을 감추지 못하고 있었다. 장예지 역시 무거운 분위기에 호흡까지 멈출 지경이었다. 곽재우의 권유에 의해서 합석을 하였지만 불안하기 짝이 없었다. 홍의장군이 대꾸했다.

"말씀하시지요… 경청하고 있습니다."

"차가 식고 말았구려."

권율은 중후한 음색을 드러내며 물을 끓였던 탕관을 들어 올렸다. 김충선이 재빨리 한 모금을 삼켰다.

"향이 그윽합니다. 찻잎이 제대로이옵니다."

권율이 빙그레 웃었다.

"찻잎은 재취하는 그 시기가 매우 중요하네. 너무 이르면 향이 온전치 못하고 늦으면 그 신령스러움이 흩어지지."

홍의장군 곽재우가 고개를 끄덕이며 권율의 말을 받았다.

"차의 잎은 자주색이 가장 좋고, 잎이 주름진 것은 두 번째이며 동그랗게 말린 것이 그 다음이지만 윤기가 반짝이면서 조릿대 잎처럼 퍼진 것은 최하위로 치지요."

김충선도 지지 않고 차에 대한 품평을 꺼냈다.

"차는 야생에서 자란 것이 상등품이고 동산에서 자란 것이 그 다음이며 양지바른 벼랑과 그늘진 숲에서 잎이 자색 빛을 띄우는 것이 상등품이고 녹색은 그 다음이죠. 대나무 순 같은 것이 좋고 새싹 같은 것이 다음이라고 알고 있습니다."

권율과 곽재우가 동시에 놀란 표정을 지었다.

"자네도 차에 관해서 일가견이 있구만."

"나이도 어린 젊은이가… 놀랍군."

김충선은 그들 사이에 감도는 팽팽한 긴장감을 풀 수 있는 방안을 찾고 있었던 터라 화제를 그리로 돌렸다.

"다도의 발전은 당나라로 시작하였지만 일본도 이에 못지않게 중시하고 있습니다. 북송의 선화북원공다록宣和北苑貢茶錄에는 작설雀舌과 응조鷹爪와 같은 차싹을 소아小牙라 하여 싹차라 부르고, 일창일기一槍一旗를 간아揀牙 또는 기차奇茶라 하였지요."

권율이 불쑥 질문을 던졌다.

"자네 혹시 다도에 있어서 조시정造時精이란 무엇을 뜻하는지 알고 있는가?"

김충선은 주저하지 않고 대답하였다.

"차를 끓일 때는 정성을 다한다는 의미로 차를 만드는 사람은 마음가짐을 바르게 하고, 불을 적절하게 다룰 줄 알아야 하며, 차를 제조하는 내내 성심으로 전념해야 한다는 것입니다. 그리해야만 말로 다하기 어려운 차의 신묘하고 오묘함이 피어나는 것이지요."

권율이 매우 유쾌하여 손뼉을 치며 좋아했다.

"맞아. 바로 그러하네. 내 지난 수년간 적지 않은 손님들과 다도를 즐겼지만 그 뜻을 정확히 알고 있는 이는 별로 없었지. 오늘에야 제대로 다도를 음미할 줄 아는 지기를 만났군. 즐겁네."

곽재우도 한 마디 거들었다.

"철포에 명인인줄은 익히 알고 있었네만 다도에도 이런 식견을 지니고 있을 줄이야. 어떠냐? 예지도 놀라웠지?"

장예지는 다소곳한 자세로 찻잔을 부여잡고 감탄과 존경어린 표정으로 김충선을 한번 살펴보고는 입을 열었다.

"예. 그냥 따스한 차 한 잔에 그런 무궁한 내력이 스며있다는 것이 놀라울 뿐입니다. 오늘 스승에게서 또 새로운 가르침을 받았으니 제자의 복인가 합니다."

만면에 웃음을 머금던 도원수 권율이 의아해 하며 물었다.

"스승이라니…?"

곽재우가 설명했다.

"자헌대부 김충선이 지난 2차 진주성 전투에서 우연히 김덕령 장군의 정혼녀이던 예지를 구원한 후 장군의 요청으로 예지에게 무술을 가르쳤다 합니다. 그래서 스승이 되었지요."

"스승을 대단한 분으로 모셨군. 그의 탁월한 재능은 내 인정하는 바이야. 면전에 두고 칭찬이 부끄럽긴 하지만 사실은 사실 아닌가. 사야가 김충선의 희생적 결단이 아니었다면 우리 조선의 운명도 예사롭지 않았을 것이야. 난 그 점을 분명히 알고 있지!"

도원수 권율은 지난 임진, 계사 양 해에 왜적들과 벌렸던 숱한 전투들을 떠올렸다. 행주대첩과 진주성 전투 등 크고 작은 대혈전이 벌어졌었다. 그 생사의 갈림길에 늘 유능한 항왜장이 참여하고 있었다. 화승총 한 자루를 걸머지고 장창과 환도로 무장한 전사는 타고난 싸움꾼이었다.

"그의 도움이 없었다면 행주산성도 버틸 수 없었다."

노장군이며 도원수의 입에서 나온 이 한 마디는 실로 경천동지할 일이었다. 행주산성 전투는 조선의 사기를 결정적으로 올려 준 육군의 최고 대승리였다. 장예지는 물론이고 곽재우도 처음 듣는 소리였다.

"우린 부녀자들까지 동원하여 마지막 사력을 다하였네. 화약이 동나고, 화살도 끝이 났지. 이제 남은 것이라고는 성내의 돌덩이 뿐이었어. 그것으로 과연 얼마나 더 버틸 수 있겠는가? 그때 김충선이 화약과 신기전神機箭의 화살을 수송해 왔지. 항왜의 조총부대원들과 더불어서 말일세! 아찔한 순간이었어. 조금만 더 늦었어도…… 행주산성은 무너졌을 것이야."

김충선은 급히 머리를 조아렸다.

"그것은 그저 소신의 임무에 불과할 뿐이옵니다. 도원수 영감의 불굴의 정신과 기백으로 전선이 압도당한 것이었지요. 저의 공로라니 천부당만부당 하옵니다."

"이보시게… 그리 당황해 하지 말고 더 겸손할 필요도 없네. 여긴 우리끼리 아닌가. 자네를 매우 깊이 알고 있는."

권율은 오늘 그 답지 않게 매우 자상한 미소를 떠올렸다. 홍의 장군 곽재우도 흡족해 하며 고개를 끄덕였다.

"아! 그래서 도원수께서 상감에게 주청을 올리셨던 것이군요."

도원수 권율은 부인하지 않았다.

"그리하지 않고 어찌 견딜 수 있었겠소? 이런 유능한 항왜의 장수를 포기한다는 것은 조선의 신하 된 도리가 아니지 않소. 우리 조선은 이러한 전란이 실로 처음이요. 김충선과 같은 풍부한 전투, 전술의 달인이 꼭 필요했소."

김충선이 겸손해 했다.

"과찬이십니다. 도원수! 그로 인해서 관직을 제수 받고 조선의 이름을 지니게 되었으며 명실공이 조선 사람이 되었나이다. 모든 공로는 저의 차지가 되었습니다."

"당연한 것일세. 나 또한 조선인이 되어 활동하는 자네의 뒷모습을 보며 얼마나 자랑스러운지 모르네. 정말 장하고 감사하지!"

권율은 대견하게 성장하는 김충선을 내심 뿌듯하게 느끼고 있었다는 그 심경을 드러내고 있었다. 설마 이토록 뼛속 깊이 조선인이 되리라고는 생각지 못했던 것이다.

"그래서 도원수를 뵙고자 먼 길을 달려왔습니다. 조선인 김충선으로 이 답답함을 어쩌지 못하여 왔으니 헤아려 주십시오."

도원수 권율이 깊은 숨을 몰아쉬었다. 이제는 더 이상 피할 수 없는 막다른 길에 도달한 느낌이었다. 홍의장군 곽재우와 사야가 김충선이 방문 하였다. 게다가 지난해 억울하게 희생당한 김덕령의 정혼자도 그들과 동행 하고 있었다. 이들이 왜 자신을 예고 없이 찾아 왔는지 도원수 권율은 직감적으로 알았다.

"통제사는 어찌 지내시던가?"

드디어 말문이 열어졌다. 김충선은 손아귀에 땀이 배이고 있음을 느꼈다.

"번민煩悶하고 계십니다."

도원수 권율이 식은 차를 마시었다.

"그런가? 음… 그럴 수도 있겠군. 왜적이 재침을 하는 이 시기에 그 누구인들 번민하지 않겠는가?"

곽재우가 조심스럽게 의중을 열어 보였다.

"통제사가 위중합니다. 조정의 움직임이 심상치 않으니 참으로 근심되옵니다. 혹여 김덕령 장군과 동일한 결과가 빚어진다면 이것은 참으로 조선의 비극이 아닐 수 없습니다."

도원수 권율의 얼굴에 먹먹한 그림자가 드리워졌다.

"통제사 이순신은 그리 되어선 절대 아니 되네. 그가 존재하지 않는 수군은 수군이 아닌 것이야."

김충선이 권율을 응시했다. 그의 눈이 소리쳐 외치고 있었다.

이순신을 위하여 도원수의 군대를 거병擧兵시켜야 한다고.

"이순신 장군은 무고하십니다. 왕은 장군을 용납하지 않으실 작정을 하고 있습니다. 영상 대감을 구석으로 몰아가며 충성된 신하의 힘을 약화 시키고 간신배들을 농락하여 끝내 조선을 파국으로 치닫게 하십니다."

무서운 말이었다. 조선의 왕 선조를 비난하는 것은 국법을 어기는 것과 다름이 없었다. 장예지는 심장이 오그라드는 기분이었다. 만일 도원수의 불호령이 떨어진다면 그때는 상상하기 어려운 결말이 기다리고 있는 것이다.

"상감마마를 원망하는군. 그래… 이해는 하네만 우린 좀 더 신중해질 필요가 있네. 왜냐하면 지금은 전시가 아닌가. 왜적들이 코앞에서 난리를 치고 있는데… 흥분하면 끝장이야."

권율은 냉정하게 사태를 추이하는 모습이었다. 용맹한 장수이기도 하지만 지혜가 없다면 그건 반쪽에도 들지 못하는 장수이다. 진정한 장수란 지智와 용勇을 겸비하고 열정과 충성을 지니고 있어야 한다. 도원수 권율은 그 모든 것을 소유하고 있는 대장군이었다.

"통제사는 보내지 않을 것일세. 김덕령 장군처럼 그리 허무하게 보낼 수는 없지."

"그럼 도원수께서는 방도가 있다는 말씀입니까?"

김충선은 다급하게 물었고 권율은 짧게 대꾸했다.

"없네,"

곽재우와 장예지는 인내심을 갖고 다음 말을 기다렸다. 김충선의 기다림은 더욱 간절했다. 그러나 권율의 태도는 변함이 없었다.

"없어."

곽재우가 서둘렀다.

"통제사를 구출해야 하지 않겠습니까? 방법이 없다면 찾아야 하는 것이 옳지 않습니까?"

도원수 권율이 곽재우를 비롯한 김충선과 장예지를 찬찬히 훑어보았다.

"그대들이 혹 방도를 가져온 것은 아닌가?"

김충선은 침을 꿀꺽 삼켰다. 곽재우는 자신도 모르게 주먹을 불끈 움켜쥐었다. 장예지는 그들을 번갈아 보면서 생각에 잠겼다. 이들이 가져온 방도란 무엇인가?

"말씀을 올리면 따라 주시겠습니까?"

권율이 순순히 대답했다.

"역모만 아니라면."

2권으로 계속